Matthias Zschokke

Die Wolken waren groß und weiß und zogen da oben hin

Roman

WALLSTEIN VERLAG

Gestern, als der Boden noch frisch war und feucht, lebte in Berlin ein Mann, der sich – in der Hoffnung, mit diesem Namen Erfolg zu haben und glücklich zu werden – Roman nannte.

Seine greise Mutter wohnte tausend Kilometer weiter südwestlich und rief ihn mehrmals in der Woche an, an den Wochenenden fast immer, um zu fragen, wann er endlich bei ihr vorbeikomme und Schluss mache mit ihr; sie lebte nicht mehr gern. Er lachte jedes Mal mit einem kurzen, vernehmlichen Prusten und sagte, das sei nicht so einfach, wie sie sich das vorstelle.

Er hatte noch ein altes, eierschalfarbenes Telefon mit einer Wählscheibe und einem Hörer, der wie ein Knochen aussah und mit einem spiralförmigen schwarzen Kabel am Apparat hing. Auf der Abdeckung der Sprechmuschel klebten vertrocknete Speisereste, die durch den Luftausstoß bei diesem Prusten jeweils zwischen seinen Zähnen hervorspritzten. Sein vernehmliches Prusten war ihm unangenehm, so dass es ihm jedes Mal auf die Stimme schlug und er sich danach oft noch stundenlang räuspern musste, bevor er einen Satz herausbrachte. Irgendwo hatte er gelesen, räuspern helfe nichts, man müsse kräftig husten, um einen belegten Hals frei zu bekommen. Am Telefon traute er sich jedoch nicht zu husten, weil das im Ohr des Gesprächspartners wie eine kleine Explosion klingen würde.

Das Prusten hatte er sich angewöhnt, nachdem zwei seiner Bekannten eine Bemerkung von ihm – die er am Telefon gemacht hatte und die ohne seinen dazu ironisch lächelnden Gesichtsausdruck offenbar als Beleidigung aufgefasst werden konnte – missverstanden hatten, woraufhin sie den Kontakt zu ihm abbrachen. Auch als er einmal zu seiner Mutter sagte, zurzeit gehe es nicht – seine Pistole, die er zu diesem Zweck einsetzen wolle, sei leider verrostet, er müsse sie erst putzen –, trübte das die Atmosphäre zwischen ihnen. Zwar hatte er erschöpft dazu gelächelt und gemeint einen feinen Scherz gemacht zu haben, doch auch die Mutter konnte das stumme Lächeln durch die Telefonleitung hindurch naturgemäß nicht wahrnehmen und hörte nur den Satz, der ihr schroff vorkam und ihr die Sprache verschlug. Danach rief sie ein paar Tage nicht mehr an und redete nicht mehr davon, dass er sie umbringen kommen solle. Die Stille, die darauf folgte, empfand er als wohltuend. Manchmal knisterte seine Geliebte mit einer Cellophantüte – er lebte mit einer Frau zusammen, in deren Nähe er sich wohl fühlte –, oder sie blätterte die Seite in einem

Magazin um oder in einem Buch, und er dachte, was für eine himmlische Ruhe, und schaute ihr glücklich beim Knistern und Blättern zu.

Außer seiner Mutter hatte Roman einen Freund, der die Lust am Leben ebenfalls verloren hatte und litaneiartig am Ende ihrer gelegentlichen Telefonate – sie wohnten fünfhundert Kilometer weit auseinander – jeweils wiederholte, er wäre tief enttäuscht, wenn Roman, nachdem er seine Mutter erschossen haben werde, auf dem Weg zurück nach Berlin bei ihm nicht Halt machen und auch ihn erschießen würde.

Und dann war da noch eine Opossumratte, die zu jener Zeit, also gestern, in einem niederösterreichischen Tierpark gehalten wurde und – obwohl noch jung an Jahren – von einem Tag auf den anderen plötzlich den Eindruck erweckte, sich altersschwach zu fühlen und ebenfalls den Tod herbeizusehnen. Man kannte ihr Gesicht in der ganzen Welt, weil sie stark schielte, was bei Opossumratten selten vorkommt, weswegen sie fotografiert und ihr Portrait in vielen, auch seriösen Tageszeitungen auf der Seite mit den vermischten Meldungen abgedruckt worden war und international für Heiterkeit gesorgt hatte.

Ihr Name war Traudel.

Kurz nachdem sie als schielendes Opossum den Gipfel ihrer Berühmtheit erklommen hatte, wurde sie von der besagten Lebensmüdigkeit gepackt. Sie legte sich auf den Bauch, schlang, was man ihr vor die Schnauze legte, lustlos in sich hinein, wurde dick und dicker und rührte sich nicht mehr vom Fleck. Die Direktion des Tierparks schaffte ein junges, hübsches Männchen an und setzte es in Traudels Käfig, in der Hoffnung, damit ihre Lebenslust neu anzuregen. Doch Traudel fauchte das junge, hübsche Männchen wütend an, sobald es sich ihr näherte: Sie lag auf ihrem dicken Bauch und fauchte. Das junge, hübsche Männchen ließ sich davon nicht beirren. Immer wieder näherte es sich in erotischer Absicht vorsichtig der schielenden Traudel. Doch die war des Lebens definitiv überdrüssig und wollte nichts mehr wissen von Liebe und Sex.

Romans Freund hatte Traudel aus der Ferne ins Herz geschlossen. Er berichtete Roman in täglichen Mails die letzten Neuigkeiten aus dem Opossumrattenkäfig, in dem zwischenzeitlich eine Kamera installiert worden war, die rund um die Uhr übers Internet weltweit zeigte, was dort vor sich ging. Am Ende jeder Mail schrieb er, ohne Zusammenhang, er wünsche sich mehr Kinderschänder auf den Straßen, und schloss dann mit dem Satz: Traudel hat recht.

Opossumrattenkäfig, murmelte Roman jeweils vor sich hin, wenn er das Wort las, und musste laut lachen. Um den Freund auf andere Gedanken zu bringen, antwortete er ihm umgehend auf jede seiner Mails und berichtete ihm dies und das aus seinem Alltag.

An den Freund,
hier ist die Hitze angekommen. Berlin trieft aus allen Poren. Überall riecht es wie in einer Lindenschnapsdestillerie. Vor meinem Bürofenster steht ein Baum, der meiner Meinung nach zwar keine Linde ist, aber ähnlich duftet; vielleicht eine Zierlinde oder eine Puszta- oder Tundralinde? Er hat winzige Blütchen, die wie Schnee zu Boden rieseln. Sein Parfüm ist betörend. Allein seinetwegen freue ich mich jeden Tag, zur Arbeit zu fahren.

Nach mehreren Wochen hatte die Direktion des niederösterreichischen Tierparks ein Einsehen und schläferte die lebensmüde Traudel ein.

Menschen ist es nicht erlaubt, lebensmüde zu werden. Sie müssen jauchzen und springen bis ans Ende ihrer Tage, auch wenn das Jauchzen in Wahrheit ein Winseln ist und das Springen eins auf glühenden Kohlen.

An den Freund,
Traudel ruhe in Frieden.

Gestern war es hier mindestens fünfunddreißig Grad warm und hat zwischendurch leicht getröpfelt; die Luftfeuchtigkeit wird hundert Prozent betragen haben. Abends habe ich ein Tomahawk-Steak gegessen und viel Rotwein dazu getrunken. Da es in Berlin ja leider auch nachts nicht abkühlt (das hänge mit dem

Binnenklima zusammen), lag ich danach mit schwerem Magen im Bett und konnte kein Auge zutun. Pitschnass lag ich da und bin es jetzt – es ist sechs Uhr früh – immer noch. Zwischendurch werde ich dann wohl doch kurz eingenickt sein und träumte, mit einem Mann in einem Lokal gesessen zu haben, den ich irgendwann wütend anschrie, er solle sich endlich ein Hörgerät anschaffen, worauf der Mann – ich weiß nicht, wer er war, seine Züge waren mir fremd – einen verblüffenden Anfall bekam, wie ein exotisches Tier, das man in eine Ecke getrieben hat und das panisch knurrend und geifernd vor- und zurückschnellt.

Dann und wann meldete sich bei Roman außer seiner Mutter und seinem Freund auch noch eine alte Tante aus Amerika. Sie lebte schon lange dort und hatte sich angewöhnt, ihm Ansichtskarten zu schreiben, auf denen einzelne Sätze in nicht mehr ganz korrektem Deutsch standen, Sätze wie: »Sitze öfters da und schaue blödsinnigerweise in die Gegend herum« oder »Ein Frühling macht noch keinen Sommer« oder »Was sind das für Luders, die mir so etwas nicht acceptieren?! Ich werde noch verrückt oder bin's schon.« Meistens waren es schwarz-weiße Aufnahmen des in Marmor gehauenen Abraham Lincoln, die sie ihm schickte. Von denen besaß sie offenbar eine ganze Schachtel voll. Hintendrauf war in kursiver Schrift eine Passage aus seiner Gettysburg-Rede abgedruckt, von der sie jedes Mal mit zwei Ausrufezeichen, einem links und einem rechts, die Stelle markierte: »… Die Welt wird wenig Notiz davon nehmen noch sich lange an das erinnern, was wir hier sagen …«

Auch ihr antwortete er jedes Mal postwendend und erzählte, was er gerade tat.

An seine Tante in Amerika,
heute war ein schöner Tag. Die Sonne hat geschienen. Am Morgen, als ich auf dem Fahrrad ins Büro fuhr, waren die Straßen leer. Kaum ein Auto unterwegs. Ich überfuhr sieben (!) rote Ampeln, ohne abzubremsen, nur einen flüchtigen Blick nach links und einen nach rechts werfend, souverän und frei wie ein sibirischer Tiger. An der letzten Kreuzung kam von links, vollkommen unerwartet, dann doch ein Auto, so ein dummes, kleines, rotes, das kein Mensch sehen kann und vor dem sich nicht einmal eine Maus fürchten würde. Es wollte mich erwischen. Mit einem kräftigen (zugegebenermaßen verschreckten, nicht richtig tigermäßigen) Antritt vorwärts entkam ich ihm. Es fuhr hinter mir durch und fiepte aufgeregt (ich nehme an, das war seine Hupe).

Jeden Morgen stieg er um sechs aus seinem Bett und freute sich darauf, seine Taschenuhr aufzuziehen, die seit Jahren Tag für Tag dreiundvierzig Sekunden hinter der Zeit herging. Was für ein zuverlässiges

Wunderding, dachte er jedes Mal, wenn er sie richtig stellte, was für eine Treue!

Die Luft, die die Stadt füllte, blieb dick, feucht und warm. Wenn ein Wind sich regte, schob er die Brühe vor sich her, wie eine Teigrührmaschine – es änderte sich nichts dadurch, der Wind brachte keine Kühlung. Roman steckte mittendrin in der Suppe, egal, ob sie umgerührt wurde oder stillstand, er fühlte sich langsam mürbe werden wie Fleisch, das bei niedriger Temperatur gegart wird. Er wusste keinen Ausweg, sehnte sich aus dem Topf hinaus, in den hohen Norden, suchte alte Museen auf, wo er sich in den kühlen Sälen anschaute, was andere stehen und liegen gelassen hatten, Zeug im Schummerlicht, bei geöffneten Fenstern.

Die Nächte verbrachte er in halbwachem Zustand und voller Sorgen. Gelang es ihm endlich, einzuschlafen, schreckte er auch schon wieder hoch, entsetzt von der Sinnlosigkeit seiner Tage. Sah er die leuchtenden Zeiger seines batteriebetriebenen Weckers auf sechs stehen, erhob er sich, tappte vom Schlaf- ins Badezimmer, wo er am Handwaschbecken den Kaltwasserhahn aufdrehte, sich niederbeugte, aus seinen beiden Händen eine Schale formte, sie volllaufen ließ und sich das Wasser ins Gesicht klatschte. Das wiederholte er jeweils zwei, drei Mal. Dann spülte er den Mund aus, trank einen Schluck, drehte den Wasserhahn zu, richtete sich ächzend auf, rieb sein Gesicht trocken, setzte sich aufs Klo … Den weiteren Ablauf wie auch die Mühsal des Anziehens wollen wir überspringen, weil wir Roman sonst schon morgens um sechs verzweifeln und unverrichteter Dinge zurück ins Bett wanken lassen müssten. Was für traurige Unterhosen, in die er stieg, was für eine traurige Hose, die ihm zu eng war, weswegen er den Bundknopf und den Reißverschluss offen stehen ließ, was zur Folge hatte, dass die Hose schon nach zwei Schritten zu rutschen begann, weswegen er mit gespreizten Beinen weiterging, um sie auf diese Weise daran zu hindern, unter die Knie zu geraten, wo sie ihn unweigerlich zu Fall gebracht hätte, benommen wie er war von der Marter der ungezählten durchwachten Nächte.

An seine Mutter,
man soll sich nicht immer selbst beschimpfen. Das ist eine schlechte Angewohnheit übler Sekten: die Selbstgeißelung. Versuche, Freude zu haben an und zufrieden zu sein mit Dir, damit ist der Welt mehr gedient.

An den Freund,
die Farbwissenschaft, die Du entdeckt hast, gefällt mir. Hoffentlich vergesse ich nicht, dass es die gibt. Vielleicht lässt sich sogar eine einfache Zusammenfassung davon finden? Eine, in der steht: Gelb = Verräter und Streikbrecher etc. Dann könnte ich in Zukunft nur noch schreiben, ein gelber Jüngling trat in die

Konditorei und bestellte ein Croissant, und jeder Leser verstände sofort: Obacht! (Und dabei würde ich selbstverständlich ein anderes Gelb gemeint haben, nämlich beispielsweise jenes der Eifersucht.) Stell Dir all die armen Maler vor, die in ihren Portraits Grün verwendet haben und damit einen Glücksbringer anzumalen meinten, und der farbwissenschaftlich gebildete Betrachter steht davor und sieht einen Unglücksbringer, weil er sich beim Interpretieren des Gemäldes in der Epoche oder in der Region irrt. Was für ein Vergnügen! Das Ganze ist zwar nicht weit entfernt von Metaphorik und Symbolik, doch weniger verklemmt als die, weil man es direkt in den Sprachfluss einbauen kann: Ein azurblaues Mädchen betritt den Ort des Geschehens oder ein lila Onkel im gestreiften Hemd, und jeder weiß Bescheid – entzückend. Im Moment trage ich zufälligerweise gerade ein gestreiftes Hemd. Was für ein Genuss, im Anschluss an diese Mail hinaus auf die Straße zu gehen und die Menschen erblassen zu lassen (wobei die Ignoranten vor meinem Haus bedauerlicherweise wahrscheinlich gar nicht wissen, dass ich gerade den Stoff des Teufels und der Gemeinheit trage, weil sie das fabelhafte farbwissenschaftliche Standardwerk von Michel Pastoureau nicht kennen).

Ein anderer Freund, einer, der ihm vor einiger Zeit abhandengekommen war … Den Grund dafür hatte Roman vergessen. Die zwei, drei Bekannten, die er hatte, munkelten etwas von einer Redewendung, die der Freund sich angewöhnt habe refrainartig einzusetzen und die Roman von einem Tag auf den anderen plötzlich nicht mehr habe vertragen können. Und zwar habe er sich angewöhnt zu sagen … (Das Phänomen, dass er nicht ausdrücken konnte, was ihn an anderen störte, war eins, das Roman seit langem umtrieb. Er dachte dann immer darüber nach, dass er wohl ähnliche Aversionen in den anderen auslöste wie die in ihm. Und da ihn im Grunde genommen alle störten, musste er davon ausgehen, dass auch er alle störte. Das erschütterte ihn: Er löste in allen Aversionen aus? Er?! In solchen Momenten hätte er natürlich gern erfahren, welche Art von Aversion es war, die er auslöste, und ob und wie er das ändern könnte. Dann überlegte er: Mein Bekannter A zum Beispiel ist unerträglich besserwisserisch. Würde ich ihm das eines Tages sagen und ihm erklären, dass er sich zu einem unangenehmen Besserwisser entwickelt habe und davon ablassen solle, dann weiß ich, dass er mit dieser Aussage nichts anfangen könnte und mir vielleicht an den Kopf werfen würde, mein Halbwissen gehe umgekehrt ihm zunehmend auf die Nerven. Dann würde ich überlegen, was genau es ist, das mich an As Besserwisserei stört – und gäbe es auf, darüber nachzudenken, weil ich feststellen würde, dass ich es nicht benennen kann.)

An seine Tante in Amerika,
eigenartig, dass man sich je älter man wird desto mehr über sich selbst ärgert. Man könnte doch irgendwann Frieden schließen mit sich und akzeptieren, dass man ist, wie man ist? Aber nein, man registriert von Tag zu Tag mehr Fehler an sich, und am Ende kann man sich überhaupt nicht mehr ausstehen. Dabei sind wir doch sowieso alle, jeder auf seine Art, verkorkst und schief und krumm. Nur die wenigsten schaffen es, eine einigermaßen aufrechte und in sich ruhende Haltung für sich zu finden. Fang jetzt nicht auch noch damit an, Dich nicht zu mögen. Es ist schon ohne das schwierig genug, seinen Alltag zu meistern. Man kann nur jedem wünschen, borniert genug zu sein, sich selbst für erträglich zu halten. Das ist eine Kunst, die wir üben müssen: es mit uns selbst auszuhalten und nicht bitter zu werden und nicht wütend über uns. Mir fällt das von Tag zu Tag schwerer. Immer neue Situationen entdecke ich, in denen ich mich unmöglich verhalte. Bald mag ich mich überhaupt keiner Situation mehr aussetzen, weil ich fürchte, mich sonst bloß wieder blödsinnig aufzuführen.

An den Namen des Freundes, der ihm abhandengekommen war, konnte er sich ebenso wenig erinnern wie an den Grund ihres Zerwürfnisses. Sie hatten immer nur du zueinander gesagt.

Bloß wenn er ihn seinen Bekannten gegenüber erwähnte, verwendete er einen Namen; er nannte ihn dann Stoffelmeier.

Im Fernsehen lief lange Zeit eine amerikanische Serie mit einem aus dem Polizeidienst entlassenen Inspektor, der panische Angst hatte vor jeglichem Hautkontakt und jeglicher auch noch so kleinen Unordnung im Alltag. Ein zauberhafter Mann, von dem Roman gar nicht genug bekommen konnte. Er schaute jede Folge an, auch jede Wiederholung, viele Folgen also sogar zwei- oder dreimal hintereinander, nur um diesem kontaktscheuen, ordnungsfanatischen freigestellten Inspektor, in den er sich richtiggehend verliebt hatte, bei seinem Tun zuschauen zu können. Der Inspektor arbeitete, nachdem er entlassen worden war, als Privatdetektiv weiter für seinen ehemaligen Vorgesetzten, der ein nicht weniger eigenartiger Mann war und Roman fast ebenso sehr begeisterte. Den Namen des Vorgesetzten konnte er nie richtig verstehen – die Serie lief in deutscher Synchronisation und war da und dort leicht vernuschelt. Manchmal meinte er allerdings, den Schauspieler dabei ertappt zu haben, wie er sich als Hauptkommissar oder Käpt'n Stoffelmeier vorstellte – seine Geliebte beharrte darauf, er habe gesagt Stoddelmeier –, so oder so ein Name, der Roman jedes Mal zum Lachen brachte, weil er im kalifornischen Umfeld, in dem die Serie spielte, so abenteuerlich schief klang.

Um seinen abhandengekommenen Freund nicht mit jenem zu verwechseln, der darauf wartete, von

Roman erschossen zu werden, nannte er ihn seinen Bekannten gegenüber – weil er ihn entfernt an den Darsteller des Hauptkommissars in der Serie erinnerte – Stoffelmeier, wozu seine Geliebte jeweils kaum merklich den Kopf schüttelte.

Die Redewendung, um die es gegangen war, soll »Verstehst du, was ich meine« gewesen sein. Das habe sich Stoffelmeier angewöhnt, nach jedem zweiten Satz zu sagen. Vielleicht war er eine Zeitlang in Amerika – möglicherweise sogar in Kalifornien – gewesen. Dieses You know what I mean löste in Roman jedenfalls von einem Tag auf den anderen einen derartig starken Widerwillen aus, dass er Stoffelmeier erklärte – nachdem sie dreißig Jahre lang in bestem Einvernehmen miteinander umgegangen waren –, er habe nicht mehr genug Energie, um sich ein weiteres Mal mit ihm zu treffen.

Zum Geburtstag, ein paar Monate nach ihrer letzten Begegnung, schrieb ihm Stoffelmeier einen Brief. Anzunehmen ist, dass er ihn darin fragte, ob er sein inneres Gleichgewicht inzwischen wiedergefunden habe, ob er, anders gesagt, »aus seiner inneren Emigration zurückgekehrt« und der aus heiterem Himmel in ihn gefahrene Zorn verraucht sei, ob er sich mit ihm wieder vertragen wolle, ob man sich wieder einmal zu einem Bier treffen könne und dass er ihm von ganzem Herzen zu seinem Geburtstag gratuliere, wobei er, wie er eben erst realisiere, gar nicht wisse, wie alt er in diesem Jahr werde, da sie, soweit er sich entsinnen könne, nie davon gesprochen hätten, wann sie geboren worden seien, er werde bestimmt bald sechzig oder sogar schon siebzig?, ob es ihm auch so ergehe, dass er für sein eigenes Alter längst kein Empfinden mehr habe?, ob er sich auch immer noch nicht richtig erwachsen fühle, obwohl er vielleicht auch schon lauter dritte Zähne im Mund trage usw.

Den Brief öffnete Roman nicht. Er legte ihn neben seiner Eingangstür auf ein dort festgeschraubtes Schränkchen und vergaß ihn. Erst ein halbes Jahr später fiel ihm das Couvert wieder in die Hände – er räumte auf und putzte die Wohnung, weil er von den städtischen Elektrizitätsbetrieben einen Brief bekommen hatte, in dem ihm angekündigt wurde, dass sein Stromzähler ausgetauscht werden müsse; er möge bitte am zweiundzwanzigsten zwischen zehn und zwölf Uhr zu Hause sein und den Monteur hereinlassen. Aus Furcht davor, dass die Wohnung auf den Monteur einen verwahrlosten Eindruck machen könnte, ging er mit einem leeren Abfallsack durch die Zimmer und warf alles in ihn hinein, wovon er sich nicht erklären konnte, wozu es zu gebrauchen sein sollte. Den aus der Vergangenheit aufgetauchten Geburtstagsbrief schaute er eine Weile an und versuchte, die von Hand geschriebene Adresse jemandem zuzuordnen, den er kannte. Niemand fiel ihm ein. Er öffnete den Brief, las ihn, doch was da stand, löste keinerlei Empfindungen in ihm aus. Also warf er auch ihn in den Abfallsack.

Stoffelmeier hatte vor vielen Jahren einmal die Hose nicht hochgezogen, nachdem er spätabends nach Hause gekommen war. Er hatte das Jackett und die Schuhe ausgezogen, war direkt ins Badezimmer gegangen und hatte sich dort erschöpft auf die Toilettenschüssel gesetzt, über den Abend nachsinnend, der hinter ihm lag und der ihm, wie so viele vorausgegangene auch schon, vollkommen vergeudet vorgekommen war. Er wollte nur noch ins Bett sinken und alles vergessen, weswegen er die Hose unten ließ, die er ja sowieso gleich auf den Stuhl im Schlafzimmer legen würde. Er hoppelte mit dem Hosenwulst an den Knöcheln zum Handwaschbecken, um dort die Zähne zu putzen. Dabei stolperte er und fiel unglücklich auf den Badewannenrand, was zur Folge hatte, dass drei seiner Rippen brachen. Wie er Roman später erzählte, seien die Schmerzen, die die gebrochenen Rippen verursacht hätten, schier nicht auszuhalten gewesen. Halb ohnmächtig sei er zum Sessel neben dem Telefon gekrochen, an den er sich gelehnt habe, um dort unter Qualen das Morgengrauen abzuwarten und endlich seinen Hausarzt anrufen zu können – er war altmodisch und dachte, wegen eines solch läppischen Ungeschicks müsse man nicht gleich die ganze hochgerüstete Notfalldienstmaschinerie anwerfen. Um neun endlich habe er den Arzt erreicht. Der sei umgehend gekommen, habe sich von der Hauswartsfrau seinen Wohnungsschlüssel geben lassen, ihn gekrümmt an den Sessel gelehnt auf dem Boden liegen sehen, gebrochene Rippen diagnostiziert und eine Ambulanz angerufen, um ihn in eine Klinik bringen zu lassen.

In Erinnerung an Stoffelmeiers Missgeschick ging Roman seither immer mit weit auseinandergespreizten Beinen, die Hose auf diese Weise oberhalb der Knie am Rutschen hindernd, morgens kurz nach sechs zu seinem Schreibtisch, um dort die über Nacht eingegangene E-Mail zu beantworten, die ihm der andere Freund regelmäßig schrieb, derjenige, der hoffte, von ihm erschossen zu werden.

Er war der letzte, der ihm verblieben war. Ihn hatte Roman sogar einmal bei sich in der Wohnung zu einem Besuch empfangen. Als Erstes trat er damals auf den Balkon, der zur Straße hinausführte, schätzte die Distanz bis zum Boden ein und sagte, guter Selbstmordbalkon.

Sein Name? Nachdem er im Fernsehen als Jugendlicher einen Dokumentarfilm über Bernhardinerhunde gesehen hatte, wünschte er sich, von seinen Freunden Barry genannt zu werden wie der gutmütig tapsige Schweizer Lawinenretterhund mit dem Schnapsfässchen unterm Hals, von dem er glaubte, er habe wesensmäßig eine gewisse Ähnlichkeit mit ihm. Roman brachte diesen Namen jedoch nicht über die Lippen, weswegen sie sich auf B. einigten.

Vor lauter Lebensüberdruss ging B. abends oft gar nicht mehr erst ins Bett, sondern schaute, Weißwein trinkend, finster vor sich hin, bis der Morgen graute und er die paar grimmigen Gedanken, die er in der Nacht gewälzt hatte, zu formulieren in der Lage war, sie in Worte fasste und mit einem abschließenden »Traudel hatte recht« an Roman sandte.

Dass Roman sich morgens nur mühsam erheben konnte, lag – so vermutete er – an seinem Bett. Das hatte ihm vor ein paar Jahren ein auf bioökologische Betten spezialisierter Möbelhändler aufgeschwätzt. Roman war in der Überzeugung erzogen worden, ein Mann müsse auf einer harten Unterlage schlafen. Die Schlafforschung hatte jedoch Fortschritte gemacht und tendierte inzwischen zur These, dass jeder Mensch anders konstituiert sei und man nichts verallgemeinern dürfe. Nach intensiver Befragung stufte der Bettenhändler Roman als Weichschläfer ein und empfahl ihm eine antibakterielle Latexmatratze, die auf einem Fundament aus einzelnen, freistehenden Birkenholzstempelchen ruhte. Diese Stempelchen oder Säulchen waren auf dicken schwarzen Gummischeiben befestigt, welche ihrerseits auf einem Lattenrost fixiert waren. Das Liegen auf dem Bett vermittelte etwas wabernd Unheimliches und weckte in Roman Erinnerungen an einen schottischen Kriminalroman, in dem ein Hochmoor eine zentrale Rolle spielte, das die gesuchte Leiche viel zu spät erst freigab, so dass der Mörder ungeschoren davonkam und bis zum Ende des Romans immer höhnisch triumphierte. Überall gab die Unterlage sanft nach, alles schwankte, nirgends war ein Grund oder ein Rand zu spüren, kein sicheres Ufer, an das man sich retten konnte. Romans Körper wird sich im Schlaf wohl versteift haben aus Angst, sonst unterzugehen und zu ertrinken. Am Morgen waren seine Rücken- und Lendenmuskeln jedenfalls regelmäßig hart und verspannt, als hätte er am Abend davor zu viele ungewohnte Turnübungen gemacht.

Die Hose ließ er offen stehen, weil sie ihn beim Sitzen vor seinem Computer sonst unangenehm eingeengt hätte. Er hatte sich angewöhnt, B., der darauf wartete, von ihm umgebracht zu werden, in allen Dingen, die er ihm schrieb, zu widersprechen, in der Hoffnung, ihn damit in Aufruhr zu versetzen und von seinen düsteren Gedanken abzulenken. Meistens waren es tagesaktuelle Fragen, die er in seinen Antwortmails aufgriff und zu denen er Stellung bezog, wobei er Meinungen vertrat, die denen jeglicher Stammtische diametral entgegengesetzt waren. Zum einen, weil er die Erfahrung gemacht hatte, dass er mit solchen Antithesen den wirtschaftlichen oder politischen Hintergründen des Weltgeschehens – wie sich später jeweils herausstellte – oft sehr viel näher kam als das Gros der Leitartikler. Zum anderen, weil B. sich zwar von Stammtischen seit jeher fernhielt, aber deren Meinungen, die sich auf verschlungenen Internetpfaden trotzdem Zugang zu seinem Denken verschaffen konnten, jeweils vorbehaltlos zu seinen eigenen machte und deswegen mit großer Wahrscheinlichkeit empört aufjaulen würde, wenn er las, was Roman ihm schrieb, um dann den ganzen Tag und die halbe Nacht schwitzend vor seinem Computer zu sitzen und besessen nach Argumenten und Formulierungen zu suchen, mit denen er Roman von seinen falschen Ansichten abbringen und für die Parolen des virtuellen Stammtischs gewinnen wollte. Vor lauter Empörung verwechselte B. dann manchmal die Worte, und er hob beispielsweise an mit einem »um Deine einmal mehr total fehlgeleitete Sicht der Dinge geradezurücken und den Knick in Deiner Optik zu begradigen, muss ich gar nicht erst lange nach Worten finden«.

Das Verblüffende an seinen eigenen morgendlichen Mails war für Roman die Entdeckung, dass er darin – indem er prinzipiell in die entgegengesetzte Richtung dachte – oft ganz einfache, evidente wirtschaftspolitische Zusammenhänge, Absichten und Lügen freizulegen vermochte, die ihm ohne das sich selbst auferlegte Gegen-den-Strom-Denken niemals in den Sinn gekommen wären.

Die Fähigkeit einzuschlafen war ihm nach und nach abhandengekommen. Er konnte sich nicht daran erinnern, wann er sich zum ersten Mal übernächtigt gefühlt hatte. Inzwischen war er von morgens bis abends müde und nickte überall, wo es irgendwie möglich war, ein. Doch immer nur für einen Augenblick. Sekundenschlaf. Dann wachte er auf, ohne sich erholt zu fühlen. Er konnte sein Denken nicht abschalten. Er dachte vor dem Einschlafen nach und auch im Schlaf. Sein Denken war ein Wehklagen, das ihn immer wieder aufweckte. Er legte sich hin, dachte nach über dies oder jenes, döste ein und landete im Zweifel. Egal, worüber er nachdachte, er endete immer im Zweifel und von da auf direktem Weg in der Verzweiflung, die ihn aufschrecken ließ. Er wälzte sich hin, wälzte sich her. Man hatte ihm geraten, wenn er nicht einschlafen könne, solle er aufstehen, sich auf die Toilettenschüssel setzen, urinieren, dann ein Glas zimmerwarmes Wasser trinken und sich wieder hinlegen. Er stand also um zwei auf, um drei, tat, was man ihm empfohlen hatte, legte sich wieder hin, lag wach, dachte nach, geriet in Zweifel, ächzte. Er konnte seine Muskeln nicht lösen. Sein ganzer Körper verhärtete sich. Zweifeln ist körperlich schwere Arbeit. Er schnaufte vernehmlich im Bett. Manchmal gab er seine Suche nach Schlaf auf, erhob sich, setzte sich an den Schreibtisch, um seiner Mutter, dem Freund B. oder seiner Tante in Amerika etwas aus seinem Leben zu berichten und ihnen auf diese Weise ihre Zeit zu vertreiben. Sein ganzer Körper war dabei verspannt. Er stöhnte. Die Vögel begannen zu singen. Die Sonne stieg am Horizont empor. Der Körper wurde weicher. Er war müde. Der Kopf sank ihm auf die Brust. Zweifel ließen ihn emporschrecken. Er kehrte zurück ins Bett oder setzte sich auf seinen Sessel, mit einem Buch in der Hand, nickte ein, schreckte hoch und so weiter, bis es endlich sechs war und er ins Badezimmer gehen konnte, wo er am Handwaschbecken den Kaltwasserhahn aufdrehte, sich niederbeugte, aus seinen beiden Händen eine Schale formte …

An seine Mutter,
es heißt, im Alter werde man geduldiger, nachsichtiger, gütiger. Doch ich merke es an mir selbst: Das Gegenteil ist der Fall. Ich werde immer ungeduldiger und brause wegen jedem Blödsinn gleich auf (je älter, desto schneller sogar; wahrscheinlich ende ich als Choleriker, mit einem zornroten Kopf, an einer vor Wut geplatzten Ader im Hirn).

Offenbar ist es einfach kein Honigschlecken, alt zu werden.

Reib Deine Beine ein. Die Flasche mit der Lotion habe ich losgeschickt. Zieh die Kompressionsstrümpfe an. Probier es wenigstens ein paar Tage lang mit ihnen, bevor Du Dich gegen sie entscheidest.

An B.,
dass Deine Bekannten von ihren Erfolgen erzählen, musst Du ihnen nachsehen. Was sollen sie sonst reden? Das ist doch immer das Problem: Was soll man einander erzählen? Grundsätzlich. Darunter leide ich immer und überall. Das Wetter ist schnell durch, Ferienberichte langweilen, Kinder, Haustiere …? Politik ist heikel – und schon ist Schluss. Manchmal suche ich in der Panik vor so einem Treffen nach irgendwelchen Geschichten, die ich dann – wenn ich meine, die Langeweile in den Augen des Gegenübers besonders tief und schwarz zu gähnen anfangen zu sehen (dieser *zu gähnen anfangen zu sehen*-Satz ist mir nicht geheuer; grammatikalisch wahrscheinlich falsch, aber ich weiß nicht, wie er richtig konstruiert werden müsste) – erzählen kann. Oder ich versuche mich daran zu erinnern, was für Filme ich gesehen habe und für nacherzählenswert halte, welches Buch ich gelesen habe, das der Rede wert ist, oder – wenn ich besonders viel Glück habe – ob ich nicht vielleicht eine Oper oder eine Theateraufführung gesehen habe und empfehlen kann. Doch egal, wie ich's anstelle, am Ende schwitze ich in Gesellschaft dann doch immer Blut und rede mich um Kopf und Kragen mit an den Haaren herbeigezogenem Zeug.

Sonst? Die Panik nimmt zu, die Sommerbräune verblasst, ich sehe zerknittert aus, der Rücken zwickt, die Augen kratzen, der Penis schrumpft, die Haut wird immer schlechter (die Unruhe, irgendwo werde eines meiner Geschwüre bald ins Bösartige kippen, nimmt zu).

Dazu dann auch noch: keinen Baum gepflanzt, kein Haus gebaut und kein Kind in die Welt gesetzt … Die Furcht, in den Augen meiner Bekannten als Schmeißfliege dazustehen oder doch in gefährlicher Nähe zu einer solchen, verdüstert mir den ohnehin schon finsteren nordosteuropäischen Himmel. Nur mit großer Anstrengung schaffe ich es, mir den metallisch grün schillernden Panzer einer Schmeißfliege als etwas Schönes vorzustellen, das auch sein Recht hat, da zu sein. Denn schön sind sie, wie Eisvögel, die Schmeißfliegen. Am Familienweihnachtsbaum meiner Kindheit hatten wir zwei grellbunte Vögel mit Glasfaserschwänzen, aus demselben Material wie die Kugeln (ich glaube, es ist Glas?), die am Bauch glänzten und leuchteten wie Schmeißfliegen … Ja, damit kann ich leben. So ist es mir noch einmal gelungen, mich mit einer dialektischen Bauchwelle aus dem Jammertal emporzuschwingen in den Lichterglanz eines heilen Weihnachtsabends. O je, o je … Und am anderen Ende der Leitung sitzt Du und bist noch entsetzter …

An die Tante in Amerika,
Dein Hautausschlag klingt hiobsch. Wäre vielleicht Meerwasser heilsam? Sonne und Salzwasser tun oft gut. Oder Salz vom Toten Meer kaufen und die Stellen

damit immer wieder einreiben? Damit es wenigstens nicht so juckt. Denn bei dieser Hitze juckt es sicher noch mehr als sonst? Oder ist es bei Euch gar nicht schwül zurzeit? Habt Ihr etwa gerade Winter? Hier ist es feucht und heiß wie in einem polnischen Buch, das ich gerade lese. Da steht: »Es herrschte solch höllische Hitze, dass in den Gärten das Wehklagen der Blumen zu hören war und die Männer schwanger wurden.«

Da Hautgeschichten ja selten eine rein äußerliche Angelegenheit sind, sondern meistens von innen kommen, solltest Du Dich vielleicht auf Allergien testen lassen? Bestimmt gibt es einen Auslöser, den jemand finden kann. Nur wer? Wann und wo findet man ihn? Schuld sind manchmal Milchprodukte. Aber damit hast Du bestimmt sowieso längst aufgehört?

Kurz vor acht trat er jeweils auf den Balkon, schaute nach unten, schätzte die Distanz bis zum Boden ab, überlegte, ob B. sich auch wirklich nicht geirrt habe, wurde dann aber von einer sentimentalen Welle überrollt, empfand Mitleid mit dem Balkon, den er auf gar keinen Fall mit einem Sprung kompromittieren wollte, wo der doch absolut unschuldig war an seinen düsteren Launen, im Gegenteil, ihm sogar dann und wann echte Freude bereitete, vor allem wenn Wind wehte und die mächtige Krone der Platane davor wild hin und her wedelte, und er dachte an den Satz, den er gelesen und sich gemerkt hatte: Da wir sowieso sterben müssen, tun wir besser daran, ja sind wir dazu verpflichtet, kühn zu denken. Dann trat er ins Zimmer zurück, ging in den Flur, zog sein Jackett an und machte sich auf den Weg zum Zeitungskiosk.

Auf der Treppe kam ihm oft eine asiatische Tagesmutter entgegen, die in der zweiten Etage bei einem Ehepaar mit zwei kleinen Kindern angestellt war. Sie hatte ein verkniffenes Gesicht und war mager. Meistens sprach sie, während sie die Treppe nach oben stieg, in ein winziges Telefon. Ihre Stimme klang zusammengequetscht. Weil sie das Gespräch beenden wollte, bevor sie die Wohnung ihrer Arbeitgeber betrat, blieb sie manchmal auf dem ersten Treppenabsatz stehen, schaute mit leerem Blick zum Fenster hinaus in den Hof und sprach mit verhaltenem Quäken in rasendem Tempo ins Gerätchen hinein. Roman konnte sich jeweils kaum zurückhalten, sie anzurempeln oder gar die Treppe hinunterzuschubsen. In Filmen brechen sich die Fallenden jeweils das Genick dabei. Immer dachte er, wenn er sie sah, ich glaube nicht, dass ich mir das Genick brechen würde, wenn ich fiele.

Manchmal begegnete er ihr unten auf der Straße. Dann fixierte er sie mit strengem Blick, während sie aufeinander zugingen, so als käme sie zu spät, und sagte in vorwurfsvollem Ton guten Morgen. Sie wusste nicht, wer er war, schaute ihn jeweils misstrauisch an und murmelte etwas Unverständliches.

Als er einmal keine Mail zu beantworten und also überflüssige Zeit hatte, versuchte er, bis acht Uhr Literatur zu lesen. Dabei döste er im Sessel neben dem Fenster ein. Die asiatische Tagesmutter kam ihm im Halbschlaf entgegen und brüllte, Sie mit Ihren schmutzigen Gedanken! An diesem Tag wollte er vermeiden, ihr im Treppenhaus zu begegnen. Er nahm den Lift. Als sich unten dessen Tür automatisch zur Seite schob, stand direkt vor ihm, fast Nase an Nase, ein älterer Herr – wohl der Neumieter aus der Dachetage, wie Roman später annahm –, der davon überrascht wurde, dass jemand um diese Zeit im Lift stand und heraustreten wollte. Sie schielten einander empört an, so nah standen sie sich. Keiner war im ersten Moment bereit, Platz zu machen für den anderen, beide fühlten sich im Recht. Der Moment vereiste kurz, dann trat der ältere Herr ein ganz klein wenig zur Seite, um Roman vorbeizulassen, und Roman ging, ohne auch nur eine Idee von seinem Weg abzuweichen, geradeaus zum Eingangsportal, ohne den fremden Mann, den er dabei mit der Schulter streifte, gegrüßt zu haben oder von ihm begrüßt worden zu sein.

Jeden Morgen circa um acht tritt er unten auf die Straße und geht zu einem kleinen Laden, um dort die überregionale Tageszeitung zu holen. Vor dem Haus muss er dafür nach rechts gehen, am Nachbarhaus vorbei, dann wieder rechts um die Ecke und etwa nach fünf Häusern noch einmal rechts um die Ecke. Der Laden befindet sich auf der gleichen Höhe wie das Haus, in dem er wohnt, jedoch in dessen Rücken, in der Parallelstraße. Da Roman seine Zeit einteilen kann, wie er will – er steht in keinem festen Arbeitsverhältnis –, hält er sich besonders streng an seinen sich selbst auferlegten Stundenplan.

Auf dem Weg kommen ihm oft zwei Jogger entgegen. Ein älteres Ehepaar in kurzen Turnhosen, das sich jeden Tag offenbar genau zur selben Zeit wie er auf den Weg macht. Sie sind Rentner und könnten ihre Tage nach Belieben einteilen. Er verachtet ihr automatenartiges Abspulen des Morgenprogramms. Dann fällt ihm ein, dass auch er jeden Tag genau zur selben Zeit unterwegs ist, ohne dazu von irgendwem oder irgendetwas gezwungen zu werden, und er errötet.

Der Rentner hat sich angewöhnt, die Atemluft bei jedem dritten Schritt laut und heftig durch die Nase auszustoßen. Er scheint davon überzeugt zu sein, das gehöre zum Joggen dazu. Wahrscheinlich hat er es im Fernsehen, wo seit einiger Zeit jeden Abend joggende Kriminalkommissarinnen und Börsenmakler gezeigt werden, mehrmals so vorgeführt bekommen. Dort, wie auch in Filmen und in der Literatur, erscheinen uns die Menschen bunter, prächtiger, unbegreiflicher, weniger leicht durchschaubar als wir selbst, weswegen wir uns bemühen, ihre Gesten und Sprechweisen zu imitieren, um ebenfalls ein wenig bunter, prächtiger, überraschender zu werden, wodurch wir aber zu Fälschern unserer selbst werden und normiert wirken, austauschbar. Wir imitieren den Blick, den wir in einem Film gesehen haben, die Haltung, die wir in einer Erzählung gelesen haben, und werden dadurch zu Klonen von etwas, das es im sogenannt wahren Leben, bevor wir selbst es dort implantiert haben, vielleicht gar nie gegeben hatte. Wir übernehmen Posen, die von einem Schauspieler, einem Regisseur oder einem Autor ausgeheckt worden sind und die uns irgendwie gefallen, denn dafür sind sie schließlich ausgeheckt worden: um uns zu gefallen und zu beeindrucken. Doch bleiben es Erfindungen. Mit solch aufgepfropften Ticks, die vielleicht gar nicht zu uns passen, gehen wir durch unser weiteres Leben.

In Romans Jugend waren – zum Beispiel – sogenannte Italowestern in Mode. Einer der ikonischen Helden kaute während eines ganzen Films auf einem Zahnstocher herum. Viele von Romans Klassenkameraden kauten danach eine oder zwei Saisons lang ebenfalls tagaus, tagein auf einem Zahnstocher herum und glaubten, damit lauernde Gefährlichkeit und Einzelgängertum auszustrahlen. So lange, bis sie realisierten, dass die Zahnstocher mit ihnen nichts zu tun hatten, dass das Kauen reine Simulation war, ja dass es das Gegenteil von Einzelgängerei vorstellte und vielmehr von Imitation und Mitläuferei zeugte. Doch nun war dieser Zahnstocher ins wahre Leben übertragen, und derjenige aus Romans Klasse, der ihn als Erster in den Mund genommen hatte und ihn, soweit Roman sich erinnern konnte, sogar bis zum Schulabschluss dort behielt, blieb allen als Eigenbrötler und Individualist im Gedächtnis – denn das ist das Verblüffende an Imitatoren: Sie werden nach kurzem für Originale gehalten. Seine Großneffen werden von ihrem Großonkel heute möglicherweise als von demjenigen mit dem Zahnstocher sprechen, und vielleicht wird der jüngste von ihnen eines Tages sogar selbst so einen Zahnstocher in den Mund nehmen. Oder die Zahnstochermode verliert sich wieder aus dem realen Leben, kehrt ins Kino zurück, wo sie immer seltener in Retrospektiven auftaucht und irgendwann ganz verschwindet.

Zur selben Zeit, in der das Rentnerpaar seine Morgenläufe absolviert, also gestern, sprachen viele junge Menschen – ein anderes Beispiel – mit schnarrender, gepresster Stimme. Ihre Sätze wirkten genölt und zerdehnt, als sei es eine Zeichentrickfilmente, die redet. Das schien in Anschmiegung ans amerikanische Kino zu geschehen, wo dieses Sprechen auf Indifferenzlage kultiviert wurde und die jungen Zuschauer mit seiner gummiartig federnden Lässigkeit für sich einnahm. Genauso wie das blinde Herumtasten eines aus dem Schlaf gerissenen Kinohelden nach dem schrillenden Wecker neben seinem Bett oder nach dem surrenden Telefon, wobei der Wecker von der tastenden Hand aus Versehen vom Nachttisch gewischt wird und zu Boden fällt und der Hörer des Telefons zuerst verkehrt herum ans Ohr gehalten wird, was niemals jemand wahrhaftig an sich selbst beobachtet hat, was aber jeder für Wirklichkeit hält, wenn er es auf der Leinwand sieht, weswegen er sogar – ganz für sich allein – das Tasten nach Wecker und Telefon in der entsprechenden, realen Situation akribisch nachahmt und meint, es entspreche seiner eigenen physischen Wahrheit.

So schnaubt auch der Rentner morgens um acht um die Häuser und denkt, das entspreche seinem eigenen körperlichen Bedürfnis. Schon von weitem hört man ihn durch die stille Quartierstraße näher kommen. Seine Frau läuft links von ihm, auf der Innenbahn. Sie umkreisen jeweils zweimal hintereinander gegen den Uhrzeigersinn das Wohnkarree.

Roman regt sich auf über den Stumpfsinn, der aus den Gesichtern der beiden spricht. Wie kann man nur jeden Morgen Punkt acht in kurzen Hosen mit knotigen, weißen Beinen gegen den Uhrzeigersinn um ein Häuserkarree laufen und dazu so lächerlich laut, fast stöhnend, bei jedem dritten Schritt die Luft durch die Nase herauspressen. Auf dem Rückweg, mit der Zeitung unterm Arm, weht Roman manchmal der Gedanke an, dass auch er lächerlich wirke, der wie aufgezogen jeden Morgen Punkt acht unten aus seinem Haus tritt, wie auf Schienen zum Kiosk surrt, dort die immergleiche Zeitung kauft und damit wieder nach

Hause surrt. Manchmal verschieben sich die Zeiten der drei um ein paar Minuten, und sie begegnen einander nicht. Manchmal begegnet er ihnen direkt vor seiner Haustür, und kurz bevor er zurückgekehrt ist, kommen sie auf der zweiten Runde von hinten wieder herangeschnaubt. Dann bleibt er stehen, als sei er in Gedanken verloren, und schaut nach oben in die Krone der Platane, in der möglicherweise ein Vogel sitzt und singt. Er richtet es so ein, dass er den beiden Rentnern im Weg steht und sie nicht nebeneinander an ihm vorbeilaufen können, sondern sich hintereinander einfädeln müssen. Er mag sich nicht, wenn er das tut, doch er kann sich manchmal nicht dagegen wehren. Meistens drückt er sich an die Fassade des Hauses und lässt sie passieren, als hätte er Verständnis, ja sogar eine gewisse Sympathie für ihre Morgengymnastik. Wenn es sich ergibt, dass sie frontal auf ihn zukommen, weicht er manchmal keinen Millimeter zur Seite, sondern geht geradeaus auf sie zu und starrt ihnen in die Gesichter in der Hoffnung, sie damit in Verlegenheit zu bringen. Er mag sich nicht, wenn er das tut. Den Mann würdigt er dabei kaum eines Blicks, doch am Gesicht der Frau mit den auf den Boden vor ihr gerichteten Augen kann er sich nicht sattsehen. Sie macht einen vollkommen verzweifelten, fast panischen Eindruck, so als würde sie von einer übergeordneten Macht zu diesem Morgenlauf gezwungen und träumte davon, irgendwann einmal nicht mehr laufen zu müssen. Oft hat er den Eindruck – wenn sie um die Ecke biegen und auf ihn zukommen –, der Mann dränge sie absichtlich zur Seite, entweder gegen die Mauern der Häuser oder Richtung Fahrradständer, die da und dort davor aufgestellt sind, um sie aus dem Rhythmus zu bringen.

Von alten Leuten sagt man, sie würden nicht selten von Fressgier befallen. Man bringt ihnen deswegen schwarze Schokolade mit in die Pflegeheime. Aber sie können meistens nicht mehr beißen und leiden unter Verstopfung oder Teerstuhl. Die mitgebrachten Süssigkeiten werden deswegen alt und beginnen ranzig zu schmecken. Auch bei Roman und seiner Geliebten bleiben Kekse zunehmend länger liegen. Manchmal fliegen Motten aus der Packung, wenn sie eine öffnen. Der Likör in ihren Flaschen flockt. Es besucht sie niemand, dem sie welchen anbieten könnten. Dann und wann taucht ein Handwerker auf, repariert die Waschmaschine, liest den Gasstand ab, prüft die Entlüftung der Heizkörper, trinkt aber keinen Alkohol während der Arbeit.

Im Unterschied zu den beiden morgenlaufenden Senioren verschafft ihm der Anblick eines schwarzen, großen Hundes, der ebenfalls um diese Zeit unterwegs ist, jeweils ein kleines Glücksgefühl, wenn er ihm begegnet. Der Hund kommt aus dem ersten Haus rechts nach der ersten Ecke. Obwohl er schon alt ist, hält er den Kopf noch stolz erhoben. Er trägt im Maul einen Elch aus Plüsch. Manchmal trottet er Roman entgegen und an ihm vorbei, ohne ihn eines Blicks zu würdigen, manchmal in die andere Richtung, vor ihm her. Seine Besitzerin tritt immer erst aus dem Haus, wenn der Hund bereits um die nächste Ecke gebogen ist. Sie führt einen zweiten Hund an der Leine, einen großen blonden. Er scheint noch älter zu sein als der schwarze. Die Besitzerin muss seinetwegen langsam gehen und immer ein wenig am Halsband ziehen, damit er sich überhaupt bewegt. Der schwarze trottet derweil vor und zurück, hin und her, den Kopf stolz erhoben, immer mit dem Elch zwischen den Zähnen, dessen Farbe nicht mehr zu bestimmen ist, etwas zwischen Hellgrau und Chamois. Übers Geweih des Elchs haben die Hersteller eine ursprünglich wohl rote Zipfelmütze gestülpt – wahrscheinlich handelt es sich um einen Weihnachtselch –, die als entfärbter Fetzen links unter dem Maul des Hundes baumelt. Manchmal legt der Hund das zernagte Plüschknäuel auf den Boden, um ungestört an Pflastersteinen schnuppern zu können oder an Stangen, an denen Verkehrsschilder oder Abfalleimer befestigt sind. Dann nimmt er das Knäuel wieder auf und trottet weiter. Manchmal kauert er sich hin – wahrscheinlich ist es eine Hündin – und pinkelt. Dazu schaut er Roman nachdenklich in die Augen, und man hat den Eindruck, er halte es für eine entscheidende Angelegenheit, einen Elch aus Plüsch im Maul durchs morgendliche Quartier zu tragen.

Nur wegen des lieben, verlegenen Lächelns des ägyptischen Verkäufers geht Roman jeden Morgen bei Wind und Wetter in diesen Kiosk und kauft die Zeitung dort. Drei, vier Mal im Jahr bekommt er zu Hause einen Anruf. Ein intelligent klingender junger Mann fragt, ob er ein Probeabonnement für eine Zeitung haben möchte. Geheimnisvollerweise – als würden seine Gewohnheiten überwacht – handelt es sich genau um diejenige, die Roman sich jeden Morgen kauft. Er antwortet jeweils, das habe keinen Sinn, weil er manchmal mehrere Tage nicht zu Hause sei und die vom Austräger zugestellten Exemplare dann bloß seinen Briefkasten verstopfen würden, da niemand diesen für ihn leere. Außerdem brauche er die Freiheit, jeden Tag neu entscheiden zu können, welche Zeitung er kaufen wolle. Obwohl er seit langem keine andere mehr gekauft hat als diese überregionale und sich kaum vorstellen kann, das jemals zu ändern – zumal sämtliche Zeitungen von Woche zu Woche dünner und inhaltsärmer wurden und man bald sowieso nur noch diese eine würde kaufen können, weil alle anderen Bankrott gemacht haben, und schließlich vielleicht auch noch diese eine würde aufgeben müssen –, wollte er sich diese Freiheit bewahren.

Er ist mit seiner Geliebten seit Jahren – außer im Sommer jeweils für drei Wochen – kaum noch verreist und eigentlich nie nicht zu Hause. Aber er möchte die Möglichkeit haben, von heute auf morgen entscheiden zu können, für ein paar Tage zu verreisen. Er möchte nicht wegen eines Zeitungsabonnements daheim bleiben müssen.

Der Verkäufer im Kiosk kann nicht gut Deutsch. Er kennt nur gerade die Wörter, die er für den täglichen Umgang benötigt. Guten Tag, zwei Euro fünfzig usw. Einmal versuchte Roman, ein Gespräch mit ihm anzufangen. Es ging um die Öffnungszeiten des Ladens. Er wollte dem Zeitungsmann, der sich manchmal leicht verspätete, klarmachen, dass er immer pünktlich öffnen und darauf achten müsse, das Geschäft ausnahmslos und zuverlässig sechs Tage in der Woche geöffnet zu halten. Zeitungskäufer seien unerbittlich. Wenn er zwei-, dreimal hintereinander zu spät aufmache oder einen Tag mal überhaupt nicht öffne, würden die Stammkunden wegbleiben und ihre Zeitung beim Kiosk eine Straße weiter holen. Und die seien dann für immer verloren, weil Zeitungskäufer Gewohnheitsmenschen seien. Der Verkäufer lächelte verlegen und sagte, immer pünktlich, sonst nix gut, Roman sagte, ja genau, nix gut sonst, Sie öffnen, immer, jeden Tag, sonst nix gut. Er begann zu schwitzen, der Verkäufer auch. Was für ein betörendes Lächeln. Roman würde sich gern mit ihm unterhalten können.

Die Treppe im Haus eilt er grundsätzlich hinunter, als wäre er verspätet und müsste sich beeilen. Seine Schritte sind ein hastiges Trippeln, das von denjenigen, die gemächlicher vor ihm hergehen, als Bedrohung, die in ihrem Rücken auf sie zukommt, empfunden wird, weswegen auch sie ihre Schritte beschleunigen.

Manchmal überholt er die asiatische Tagesmutter, die mit den zwei kleinen Kindern spazieren geht. Das kleinere von den beiden, ein Mädchen, rief – wenn das passierte – eine Zeitlang, warte, warte, warte hinter ihm her, im Rhythmus seiner Schritte. Das war alles, was es bislang sagen konnte. Es klang wie watte, watte, watte. Dazu lachte und quiekte es begeistert, so dass es fast daran erstickte – wenn es lachte. Meistens war die Kleine ernst und spielte konzentriert ein selbsterfundenes Spiel mit den Treppenstufen oder den Geländerstangen, ein Spiel, mit dem sie sehr viel mehr anfangen konnte als mit den Sachen, die Roman ihr in die winzigen Hände drückte (ein paar Wochen lang kaufte er Spielzeug im Warenhaus und hatte meist irgendetwas bei sich, um es ihr, falls er sie antraf, geben zu können, weil er ihr Lachen so gern hörte und alles versuchte, um es auszulösen). Sie schaute das Zeug an und versteckte sich dann damit hinter den Beinen der Asiatin.

Gestern …
Schon öfter ist es vorgekommen, dass sich in seiner Rede oder in seinem Gedächtnis etwas sperrte.

Gestern trat die junge Mutter der beiden Kinder ins Treppenhaus und machte sich auf den Weg zur Arbeit. Sie kannte seine hastigen Schritte, die man sogar durch die geschlossene Tür hören konnte, wenn man im eigenen Entree gerade seine Schuhe oder seinen Mantel anzog. Die meisten Mieter warteten so lange, bis er vorüber war, und traten erst dann aus ihren Wohnungen. Diesmal waren sie beide im selben Augenblick ins Treppenhaus getreten und losgegangen. Die Frau konnte nicht mehr in ihre Wohnung zurück, ohne sich dem Verdacht auszusetzen, ihm ausweichen zu wollen, also ging sie einfach weiter. Eine Etage tiefer hatte er sie eingeholt und verlangsamte seine Schritte. Es war ihm unangenehm, so nah aufgerückt zu sein. Er wollte nicht drängeln und überlegte, ob er umkehren und die Treppe wieder nach oben eilen und auf diese Weise glauben machen solle, er habe etwas vergessen mitzunehmen. Oder ob er anhalten und in seiner Aktentasche wühlen solle, um dort vorgeblich etwas zu suchen, von dem er nicht sicher sei, ob er es eingesteckt habe. Doch schon blieb die junge Mutter stehen und trat zur Seite, drehte sich zu ihm um und sagte, ich lasse Sie besser vorbei. Er sagte, ja, das ist wohl besser; Sie fühlen sich sonst bedroht und denken, ich würde auf Ihre Haare starren und auf Ihren Nacken und auf Ihren Hintern, und dann kommen Sie aus dem Rhythmus und stolpern und fallen die Treppe runter; lassen Sie mich also besser durch. Nachdem er sie überholt hatte, rannte er noch schneller, nahm sogar zwei Stufen auf einmal, um in ihr nicht den Verdacht aufkommen zu lassen, er hätte es gar nicht eilig und habe sich bloß so beeilt, um mit ihr tändeln zu können, vor allem aber, weil er fürchtete, er könne vielleicht abgestanden riechen und eine Fahne von Mief hinter sich herziehen, die durch seine raschen Bewegungen hoffentlich verweht und verwirbelt wäre, bevor sie der jungen Mutter in die Nase stechen konnte. Auf der Straße erst kam ihm in den Sinn, dass er hätte sagen sollen, nein, bitte, lassen Sie sich nicht hetzen, ich habe Zeit und möchte lieber hinter Ihnen bleiben. Ich warte, bis Sie eine halbe Treppe tiefer sind, und nehme dann die Stufen im selben Rhythmus wie Sie. Sie duften so gut. Ich möchte Sie auf dem Weg nach unten riechen. Das, fand er, wäre charmant gewesen und hätte die Situation entkrampft. Beide wären beschwingt auf die Straße hinausgetreten und hätten einen leichteren Einstieg in den Tag gehabt. Ein paar Schritte später zweifelte er an dieser Vorstellung und zog in Betracht, dass nur sein Tag auf diese Weise besser begonnen hätte. Die Frau hätte so eine Bemerkung vielleicht eher als aufdringlich empfunden und in Zukunft darauf geachtet, nie mehr zur selben Zeit wie er das Treppenhaus oder gar mit ihm zusammen den Lift zu benutzen.

Im Eckhaus zwischen seinem eigenen und dem, aus dem jeden Morgen der schwarze Hund mit dem Elch im Maul kommt, lebt ein Mann, der jahrzehntelang als Assistent einer Koryphäe an einer Kunsthochschule angestellt war und erst kurz vor seiner Pensionierung selbst zum ordentlichen Professor ernannt wurde. Er hatte sich als bereits grauhaariger Assistent noch in eine Studentin verliebt und sie geheiratet. Kurz vor seinem sechzigsten Geburtstag bekamen sie zusammen ein Kind. Roman und seine Geliebte kannten den Professor aus der Zeit, als er noch Assistent war und mit Stoffelmeier zusammen in einer Wohngemeinschaft lebte. Nach der Hochzeit bezogen der Assistent und seine Frau die Wohnung in Romans Nachbarhaus. Da es an einer Ecke steht, hat es zwei Eingänge. Der eine führt auf eine Straße mit einem wohlklingenden Namen, die in der Stadt als gute Adresse gilt. Die andere Straße, in der Roman wohnt, ist unscheinbar. Niemand kennt sie. Der Professor gibt als seine Adresse den Namen der prominenten Straße an, muss aber, um in seine Wohnung zu gelangen, den Eingang in der unscheinbaren Straße benutzen. Seine junge Gattin lässt sich als Frau Professor ansprechen. Nachdem sie mit ihrem frisch geborenen Kind eingezogen waren, luden sie Roman und seine Geliebte zu einem Tee ein. Zur Begrüßung streckte die Frau ihnen ihr Kind entgegen, das der Professor, der schräg hinter ihr stand, anstrahlte. Auch Roman und seine Geliebte staunten das Kind an. Es hatte sehr weiße Wangen, die Roman und seine Geliebte mit ihren Fingerrücken streicheln wollten. Die junge Frau erblasste und zog das Kind erschrocken zurück. Sie bat Roman und seine Geliebte, ins Badezimmer zu gehen und ihre Hände mit Seife und warmem Wasser zu waschen, bevor sie das Kind anfassten. Also gingen die beiden ihre Hände waschen. Es ergab sich dann aber doch keine Gelegenheit, die Haut des Kindes zu berühren. Etwa nach einer Stunde war der Tee ausgetrunken, und Roman und seine Geliebte brachen auf, ohne die Professorenfamilie im Gegenzug für die nächsten Tage zu sich nach Hause einzuladen. Sie gingen mit frisch gewaschenen und desinfizierten Händen heim und sehen seither manchmal den inzwischen emeritierten Professor, seine Gattin und das groß gewordene Kind auf der gegenüberliegenden Seite der unscheinbaren Straße in ein Auto steigen. Sie winken sich gegenseitig zu.

B. stellte seine nächtlichen Mails von einem Tag auf den anderen ein, nachdem ihm eröffnet worden war, dass er operiert werden müsse. In der Überzeugung, die Operation nicht zu überleben, ging er – zum ersten Mal in seinem Leben – in ein Schönheitsstudio, das eine kolumbianische Einwanderin drei Häuser weiter in seiner Straße eröffnet hatte und in dessen Schaufenster unter anderem für *Gepflegt*

Fuss geworben wurde mit dem Foto eines braungebrannten schlanken Frauenfußes. Da B. jeden Abend – bevor er anfing zu grübeln, um in den frühen Morgenstunden dann seine grimmigen Mails an Roman schreiben zu können – im Fernsehen Kriminalfilme anschaute, hatte er schon unzählige Kommissare dabei beobachtet, wie sie sich in Leichenschauhäusern von Gerichtsmedizinern genaue Todesursachen diverser Mordopfer erklären ließen. Die Leichen lagen jeweils nackt unter weißen Laken in gekachelten, neonbeleuchteten Kellern, entweder auf Chromstahltischen oder auf stählernen Laden, die man aus Kühlfächern ziehen und wieder in sie zurückschieben konnte. An den großen Zehen ihrer wächsernen Füße baumelten jeweils Namensschildchen. B. ekelte sich jedes Mal vor der Ungepflegtheit dieser Füße. In der Überzeugung, sterben zu müssen und aus dem Operationssaal direkt in so ein Leichenschauhaus überführt zu werden, war es ihm daher ein Bedürfnis, sich vor dem Eintritt in die Klinik seine Füße schön machen zu lassen. Das Erlebnis im Ästhetiksalon der Kolumbianerin begeisterte ihn, und er schrieb Roman vom Krankenhausbett – am Abend vor der Operation – in einer Abschiedsmail, er bedaure es, diesen Luxus erst so kurz vor seinem Tod kennengelernt zu haben. Roman müsse sich im Gedenken an ihn von nun an bis zu seinem Lebensende pediküren lassen; das sei eine zum Weinen schöne Erfahrung. Roman nahm an, dass B. die Tränen nicht vor Glück über die Pediküre, sondern aus Rührung über seinen eigenen bevorstehenden Tod gekommen waren.

Die Operation verlief reibungslos, doch hatte man B. dafür in Vollnarkose versetzen müssen, aus der er nur unvollständig wieder erwacht war. Sein Gehirn funktionierte nicht mehr richtig. Er konnte sich nicht mehr daran erinnern, wie man ein Telefon bedient und wie er seinen Computer jeweils in Betrieb genommen hatte. Roman schrieb ihm zuerst Mails, die B. jedoch nicht zu öffnen und zu lesen vermochte, dann Briefe, deren Inhalte B. wiederum nicht begriff.

An einen Jugendfreund, der Neurologe geworden war: (…) Es betrifft einen Freund, der sich unter Vollnarkose einer Operation hat unterziehen müssen. Seither ist er wie von Sinnen. Kann es sein, dass in seinem Hirn durch die Narkose etwas beschädigt worden ist? In alten Romanen liest man manchmal von Delirien und weißen Mäusen, Spinnen usw. Ungefähr so musst Du Dir das vorstellen. Ich werde schier selber wahnsinnig wegen seines Zustands und weiß nicht, was machen. Zwar hat er vergessen, wie man telefoniert, doch dreimal ist es ihm dann doch gelungen, mich anzurufen, mitten in der Nacht. Er verlangte jedes Mal von mir, sofort zu kommen und ihn aus dem Krankenhaus zu befreien (er wohnt fünfhundert Kilometer entfernt). Wie soll ich damit umgehen?

/ 2

Vielen Dank. Genau diese Zeilen habe ich gebraucht. So lasse ich ihn denn delirieren und mich fernmündlich als Verräter beschimpfen? Man sieht so viele Filme, die in Kliniken spielen und in denen Patienten in weißen, hinten offenen Nachthemden ihren Freunden ins Ohr flüstern, sie sollen sie um Himmels willen hier rausholen, sie würden gefoltert – und schwups, kommen zwei Hünen in weißen Kitteln ins Bild gesprungen, schnappen den Patienten, drehen ihm die Arme auf den Rücken und stechen ihn mit einer Spritze in den Hintern, worauf der Patient die Augen verdreht und in sich zusammensackt. Ich fürchte, mein Freund hat noch mehr solcher Filme gesehen als ich; er ist besessen von der Vorstellung, ihm widerfahre genau diese Geschichte und er werde in den Wahnsinn getrieben, in dem er verdämmern werde müssen.

/ 3

Es wird dramatisch. Gestern ist er aus der Klinik geflohen, im Morgenmantel, und nach Hause gefahren. Von dort schaffte er es, mich anzurufen. Meine Nummer hatte er wohl noch auswendig im Kopf. Dann brach die Verbindung ab. Ich versuchte ihn mehrmals zurückzurufen. Manchmal hob er gar nicht ab, manchmal hob er ab, drückte dann aber auf eine falsche Taste, und die Verbindung brach wieder ab usw. Er behauptete, er habe einen Taxifahrer mit fünfhundert Euro bestochen und dazu überreden können, ihn barfuß und im Morgenmantel mitzunehmen. Die Klinik sei ein Vernichtungslager. Man habe ihn dort gefoltert und beleidigt. Die Schwestern seien perverse KZ-Aufseherinnen. Das ganze deutsche Gesundheitswesen sei ein Riesenkomplott, das er publik machen werde. Er war außer sich, redete wirr, hat auch mich beleidigt und mir unterstellt, mit den perversen Schwestern unter einer Decke zu stecken.

Jetzt sitzt er in seiner Wohnung und ist panisch. Manchmal gelingt es ihm, meine Anrufe entgegenzunehmen, doch dann wird die Verbindung wieder unterbrochen, ich versuche es erneut, es klingelt ins Leere, dann ist es besetzt … Ist er wohl zurzeit eine sogenannte hilflose Person? Soll ich in der Klinik melden, dass er zu Hause ist (die suchen ihn bestimmt)? Oder würde ich ihn damit erst recht »verraten«? (Er hält mich für die größte Enttäuschung seines Lebens.)

Kann es sein, dass bei der Narkose etwas schiefgelaufen ist? Bekam sein Hirn zu wenig Sauerstoff? Können Teile irreversibel abgestorben sein? Muss er tatsächlich von den zwei Kinohünen in weißen Kitteln geschnappt, in die Zwangsjacke gesteckt und weggesperrt werden, bis er sich beruhigt hat? Oder kann man ihn einfach zu Hause vor sich hin dämmern lassen, ohne Nahrung, nur mit Wasser und Brot? Beruhigt er sich dabei von selbst?

Könnte es helfen, wenn ich zu ihm fahre und ihm

gut zurede? Ich habe nicht den Eindruck. Er hält mich für einen Verräter und Feind, sobald ich ihn in seinem Wahn nicht bestätige. Doch kann ich ihn darin nicht bestätigen, weil ich insgeheim davon überzeugt bin, dass nichts an der Sache dran ist und dass er je schneller, desto besser zurückkehren sollte in die Klinik, um sich auszukurieren (was er vorbringt, ist abenteuerlich: man habe ihn nach der Operation nackt im Aufwachsaal liegen lassen; niemand habe mit ihm gesprochen, alle seien rücksichtslos um ihn herumgetrampelt, eine Schwester habe ihn als »Dreck« beschimpft, man habe ihn sieben Tage lang in der eigenen Pisse liegen lassen – die Operation war vor viereinhalb Tagen; er konnte und kann immer selbständig aufs eigene Klo gehen in seinem Zimmer –, die Pflegerinnen hätten sich die Hände grundsätzlich nie gewaschen, bevor sie ihn angefasst hätten usw.). Ich habe mehrmals mit der Stationsschwester telefoniert, sie wirkte verständig, ruhig, angenehm, ja sogar humorvoll, charmant. Mein Freund sagt, das sei die teuflische Fassade; sie sei in Wahrheit eine brutale Sadistin.

Nachdem es Roman gelungen war, B. zur Rückkehr ins Krankenhaus zu überreden, aus dem er zehn Tage später schließlich entlassen wurde, fuhr Roman zu ihm hin und fand ihn zusammengesunken auf seinem Sofa sitzen, im Morgenmantel, fassungslos, weil man ihm in der Klinik seiner Überzeugung nach zimmerwarmes Mineralwasser serviert hatte, was ein Skandal sei. Zimmerwarmes Mineralwasser in einem Tetrapak, den er mit seinen von der Operation geschwächten Fingern nicht habe öffnen können. Ein Skandal. Immer wieder stieß er aus, wo gibt's denn so was; Skandal; in einer Universitätsklinik; zimmerwarmes Mineralwasser; im Tetrapak. Roman machte derweil Ordnung in B.s Küche, putzte das Bad, bezog das Bett frisch, ging Essensvorräte einkaufen, Getränke, suchte B.s Hausarzt auf und redete auf ihn ein: Man müsse sich um B. kümmern, er brauche während der nächsten Wochen Betreuung. Der Hausarzt musterte ihn misstrauisch und fragte, wer er überhaupt sei; er spreche nicht mit Fremden über seine Patienten; es gäbe so etwas wie eine ärztliche Schweigepflicht, derer auch er nicht entbunden sei. B. müsse persönlich bei ihm vorbeikommen, wenn er etwas benötige. Roman erklärte, B. könne seine Wohnung nicht verlassen; er sitze antriebslos auf seinem Sofa; die Fingernägel seien zu Krallen geworden; lange, weiße Barthaare hingen von seinem Kinn; die Augen seien trüb; wenn man an der Tür klingle, öffne er sie nur einen Spalt weit, linse durch eines seiner verschlierten Augen heraus und erkenne nicht, wer vor ihm stehe. Roman habe gesagt, ich bin's. B. habe verständnislos gefragt, wer? Sie sind nicht ich. Dann habe er ihn schicksalsergeben zu sich hereingelassen, jedoch voller Misstrauen.

Der Arzt weigerte sich, etwas zu unternehmen. Das

werde bestimmt bald besser. Was Roman beschreibe, sei unter Medizinern als *Durchgangssyndrom Verwirrung* bekannt, das könne nach einer Narkose schon mal vorkommen. Roman verließ ihn ungehalten, kaufte auf dem Rückweg weitere Joghurts, Mineralwasser, Wein, Fertiggerichte. Er packte B.s Kühlschrank voll bis zum Überquellen. Angesichts des vollen Kühlschranks schoss eine allumfassende Gleichgültigkeit in ihn. Er richtete sich auf, trat zum Sofa, reichte dem dasitzenden B. die Hand, sagte, mach's gut – und floh. Auf der Rückreise im Zug schüttelte er immer wieder den Kopf über sich. Er ertrug seine fluchtartige Abreise nicht.

Es ist eine delikate Aufgabe, sich selbst ein Leben lang zu ertragen. Man darf nicht verweichlichen. Man darf sich nicht von jedem Nichts bewegen lassen. Nicht alles darf einen verwirren und aufwühlen. Nicht alles darf für einen rauer Nordwind sein; man ist kein Schilfrohr. Man muss sich innerlich ausbalancieren, muss jederzeit gleich viel an sich mögen, wie man an sich verachtet. Gerät man eines Tages aus diesem Gleichgewicht – beginnt man beispielsweise zu viel an sich zu verachten –, entgleitet man sich und stürzt in den Abgrund des Selbsthasses, oder man steigt – im umgekehrten Fall, wenn man sich als allzu gelungen empfindet – auf und verglüht im Wahn der Selbstverehrung. Die heikle Kunst, sich in der Schwebe zu halten und es jeden Tag von neuem mit sich auszuhalten, beherrschen nur die wenigsten. Wer anfängt sich zu verachten, hat eine schwere Zeit vor sich.

Ein paar Tage später erhielt er von B. eine Mail:
Fals Du, lieber Romn, eine Neigung dazu haben solltes, frisch Verstorbnen die lezte Ehre erweisen zu wollen, so zieh, wenns bei mir soweit is, ein schönes helles Hemd an und hele Hose und setz Dich uf eine Terrase irgndwo an der Spree undtrink in der Abendsone ein Glas kühlen Weißwein auf mein Wohl. Kommn auf kein Fall hierher. Eine Trauerfeier darf es niht geben und ein Grab auch nicht.

Da B. stets sorgfältig auf seine Orthographie und Grammatik geachtet hatte, erblasste Roman angesichts dieser Zeilen. Er packte seine Hose am Bund, erhob sich, ging in die Küche, schaute in den Kühlschrank, dann durchs Fenster in den Hof, dann zum Himmel empor, dann ging er ins Entree, schaute seinen Mantel an und seine Schuhe, dann setzte er sich wieder vor seinen Computer und antwortete:

An B.,
heute ist es für einen Laien ohne amtlichen Beistand schier unmöglich, eine Leiche zu entsorgen. Es gibt unendlich viele Schreibereien zu erledigen, Gebühren fallen an, es wird seziert, hinterfragt, nachgeforscht, als sei Sterben ein potentielles Verbrechen. Mit dem

allen hätte ich mich herumzuschlagen, wenn Du stirbst. Tu mir das nicht an; mach keinen Unsinn.

Seine Mutter besuchte er jeweils am Dreikönigstag, um gemeinsam mit ihr das neue Jahr zu begrüßen. Er brachte einen Dreikönigskuchen mit, den sie zusammen aßen. Nach etwa drei Monaten kam er wieder, nach weiteren drei Monaten wieder. Seitdem sie nicht mehr ohne fremde Hilfe auf die Toilette gehen konnte, raubte ihm ihr Gesicht, wenn er bei ihr eintrat, Mal für Mal jede Energie. Er schaffte es nur unter größter Anstrengung, sie im Rollstuhl ins Bad zu schieben und ihr dort auf die Beine zu helfen. Sie hielt sich an der Stange neben der Kloschüssel fest, er hob ihren Rock, schob ihre Strumpf- und Unterhosen nach unten, half ihr sich hinsetzen, wartete vor der Badezimmertür, bis sie rief, fertig, ging zurück, wischte sie ab, zog ihre Unter- und Strumpfhosen wieder nach oben, ließ den Rock darüberfallen, rückte ihn zurecht und versuchte, sie wieder auf den Rollstuhl zu setzen. Doch sie sperrte sich dagegen und drängte zum Handwaschbecken, wo sie sich die Hände wusch und abtrocknete. Obwohl sie nichts angefasst hatte.

Das rührte ihn jedes Mal und traf ihn so tief, dass er sich seither nach jedem Toilettenbesuch seine eigenen Hände ebenfalls wieder wäscht, obwohl er als junger Mann in einem französischen Film einen seiner Lieblingsschauspieler in einer Szene, die auf einer Toilette spielte, zu einem unsympathischen Gegenspieler – der ihm, nachdem sie vor dem Pissoir nebeneinandergestanden und sich gegenseitig versucht hatten niederzumachen, am Handwaschbecken devot den Vortritt lassen wollte – sagen hörte, er wasche seine Hände immer nur, nachdem er sie Leuten wie ihm, dem Gegenspieler, gegeben habe, um sein sauberes Glied nicht zu besudeln, nie aber, nachdem er es angefasst habe. Das fand Roman so unverschämt charmant, dass er es seit damals mit der Hygiene, die ihm als Kind beigebracht worden war, nicht mehr so genau genommen hatte.

Da er nun aber von seiner Mutter vorgeführt bekam, wie jemand selbst in der ausweglosesten Situation noch versuchte, sich vor der eigenen Verwahrlosung zu bewahren, nahm er sich vor, seine Körperpflege wieder ernster zu nehmen und sich die täglichen Handgriffe der Hygiene so zu verinnerlichen, dass er sie bis zum letzten Atemzug automatisch ausführen würde, so wie die Offiziere in den Kriegsfilmen, die sich in der Wüste, kurz vor dem Verdursten, mit den letzten Tropfen aus der Wasserflasche noch nass rasierten.

Außerdem wusste er, wie sich jemand fühlt, der an einem lauen, feuchten Sommertag draußen vor einem Café sitzt und ein Stück Kuchen isst, das er am Vortag schon in der Vitrine gesehen hatte, das ihn am Vortag aber nicht dazu verführen konnte, es zu bestellen, sondern erst jetzt, am Tag danach, weil außer diesem Stück jetzt nichts anderes mehr in der Vitrine stand, weswegen das Stück in ihm eine Art Mitleid auslöste wie der dicke, schwitzende Knabe im Turnunterricht, der sich danach sehnt, nicht als Allerletzter in eine der Mannschaften, die fürs nächste Spiel zusammengestellt werden, gewählt zu werden, und der gleichzeitig Angst hat davor, gewählt zu werden, weil mit der Wahl immer auch eine gewisse Hoffnung verbunden ist und ein Vertrauen in die spielerischen Fähigkeiten des Gewählten, die der dicke Knabe – wie er weiß – nicht wird erfüllen können, weswegen er sich wegduckt, an die Sprossenwand presst, zu Boden guckt, um denjenigen, die die Mannschaften zusammenstellen, nicht in die Augen sehen zu müssen, was die als ein Betteln hätten empfinden können, weswegen er bis zuletzt stehen gelassen und erst dann gewählt wird, wenn kein anderer mehr übrig bleibt.

Er wusste, wie einer sich fühlt, der das letzte Stück Kuchen bestellt – sich seiner in einer gewissen Abenteuerlust erbarmt –, dem es verwegen vorkommt, so ein altes Stück Kuchen zu bestellen, das vielleicht schon gekippt ist, in dem vielleicht schon Milliarden dieser winzigen Tierchen leben, die Krankheiten oder doch zumindest Übelkeit erregen können …

Er wusste, wie es ist, so ein Stück Kuchen vor sich

auf dem Tischchen stehen zu haben und eine Tasse Kaffee – und die Fliegen kommen, so kleine, braunschwarze Eintagsfliegen, auch Fruchtfliegen genannt, und setzen sich auf das Stück Kuchen und auf den Schaum des Milchkaffees – und die Lokalzeitung des Tages zu lesen, die feucht und schlapp zwischen den Fingern hängt, so dass man deren obere Hälfte immer wieder mit einem Schwung nach oben flappen lassen muss, um sie lesen zu können, und eine junge Frau mit vielen dunklen Locken auf dem Kopf setzt sich an das benachbarte Tischchen und bestellt einen Kaffee, in den sie etwas mehr Wasser wünscht und keine Kuhmilch, sondern solche aus Soja, und kein Koffein oder nur sehr wenig, und man sieht ihre Locken und wie sie sie schüttelt und immer wieder mit den Händen aus dem Gesicht streicht, das man trotzdem nie zu sehen bekommt, weil es zugehängt bleibt, man sieht von der Seite nur den Ansatz einer Brust durch das Loch des ärmellosen Leibchens, das sie trägt, und man hat den Eindruck, sie möchte in eine Mannschaft gewählt werden, fürchte sich aber gleichzeitig davor, das Spiel nicht zu beherrschen, um das es geht, und die Mitspieler zu enttäuschen, weswegen sie wegguckt, gleichzeitig aber den Arm so hält, dass man den weißen Ansatz der Brust gut sehen kann und davon angezogen wird, die aber auf gar keinen Fall in seine Mannschaft aufgenommen werden möchte, weil sie ihn und seine Mannschaft für schwach hält, sie träumt von besseren

Mannschaften, am liebsten solchen, deren Führer nicht in diesem Café sitzen, draußen, an einem lauen, feuchten Sommertag, und deren Führer nicht wissen, wie altbackene Sahnetorten schmecken mit Blaubeeren, und nichts davon, wie solche Tortenstücke sich danach verzehren, verzehrt zu werden, und die nicht eine Stunde später Durchfall bekommen und die nicht vom Kellner mit den schlechten Zähnen und der Schlägermütze, der von oben bis unten tätowiert ist, in einem Ton gefragt werden, den er woanders aufgeschnappt hat, in einem Film vielleicht oder auf einer Reise: Was kann ich für dich sonst noch Gutes tun, mein Lieber?

Und er sagt, ich möchte bitte bezahlen, und dann wendet ihm die junge Frau mit den vielen dunklen Locken kurz das Gesicht zu und schaut ihn an, und das Gesicht ist breit und weiß, und die Haut hat viele unreine Stellen, die Stirne glänzt, die Finger, mit denen sie sich die Locken nach hinten streicht, sind schmutzig, er ist versucht, ihr zu sagen, sie solle sich mit diesen Fingern nicht so oft ins Gesicht fassen, weil sich sonst die Haut dort nie erholen könne, aber er zahlt, ohne ihr diesen Rat mit auf den Weg zu geben, und geht und fasst sich nicht an die Stirne, wo es ihn juckt.

Denn wie alle anderen hatte auch er in der Zeitung gelesen, dass im öffentlichen Raum Viren und Bakterien hausten und dass man sich wo immer man könne die Hände waschen solle mit warmem Wasser und

Seife. Er hasste es, Schnupfen oder Husten zu bekommen. (Seiner Meinung nach litt niemand so stark unter einer Erkältung wie er. Körper reagieren unterschiedlich auf Entzündungen und Schmerz.) Er solle deswegen in Warenhäusern zuerst immer aufs Klo gehen und sich die Hände waschen, nach dem Bezahlen solle er noch einmal aufs Klo gehen und sich die Hände waschen, er soll in Cafés immer zuerst aufs Klo gehen und sich die Hände waschen, nach dem Bezahlen soll er noch einmal hingehen und sich die Hände waschen, zu Hause angekommen, soll er zuerst ins Badezimmer gehen und sich die Hände waschen, die am Abend jeweils rot und trocken sein sollen, weswegen er sie vor dem Zubettgehen eincremen müsse.

Auch soll er nie vergessen, dass Viren und Bakterien nichts lieber täten, als sich in gebrauchten Papiertaschentüchern einzunisten, sich dort zu vermehren und darauf zu lauern, bei einem zweiten Schnäuzen in die Nase zurückspringen und ihr zerstörerisches Werk mit doppelter Kraft fortsetzen zu können. Er solle deswegen stets große Mengen von Papiertaschentüchern im Vorrat haben und vorsorglich immer mehrere Packungen bei sich tragen, um jedes Exemplar nach einmaligem Gebrauch sofort wegwerfen zu können. In den öffentlichen Verkehrsmitteln soll er Leuten, die sich schnäuzen, danach jeweils ein frisches Papiertaschentuch anbieten und ihnen erklären, dass es nicht gut sei, das alte, benutzte in der

Hand zu behalten und für später aufzubewahren. Auch auf die Gefahr hin, dass die Leute daraufhin Abstand nähmen von ihm und das angebotene Taschentuch ablehnten, als wäre es vergiftet.

Obwohl er das alles wusste, sträubte er sich dagegen, diese Regeln einzuhalten. Er zweifelte insgeheim an ihnen und glaubte, Körper seien in der Lage, Schutzwälle um sich herum aufzubauen. Man müsse seinen Organismus mit möglichst vielen Viren und Bakterien in Kontakt bringen, damit er sich gegen sie immunisieren könne. Er benutzte zum Schnäuzen aus Trotz Stofftaschentücher, die er nach dem Tod seines Vaters aus dessen Schrank an sich genommen hatte und von denen er immer eins bei sich trug und jeweils mehrere Tage hintereinander verwendete, ohne es zu wechseln, in der Überzeugung, es stärke das Immunsystem, sich immer neu mit ihm zu infizieren.

Seine Geliebte glaubte nicht an diese Theorie. Er schrieb einen Brief an einen Immunologen und fragte, ob der Körper im Fall einer Erkältung ähnlich reagiere wie im Fall von Masern oder Pocken, die, einmal gehabt, nie wieder ausbrechen könnten, weil der Körper sich ein für alle Mal gegen sie immunisiert habe. Der Immunologe antwortete vage. Man konnte zwischen den Zeilen herauslesen, dass es keine Immunisierung gegen Schnupfen und Erkältungen gebe. Ein Körper, der gesund und ausgeruht sei, habe um sich eine stärkere Aura – so drückte der Immunologe sich aus –, die für Viren und Bakterien schwieriger zu durchdringen sei als die eines angeschlagenen, alten, geschwächten Körpers, der auf jeden Fall anfälliger sei. Mehr könne er dazu nicht sagen.

Im Schreibtisch, den er von seinem Vater außer den Taschentüchern geerbt hat, liegt unten rechts ein Lederbeutel mit einer Pistole darin, die er vor vielen Jahren, als junger Mann, in einem Sommerurlaub auf Sardinien beim Schnorcheln gefunden hatte. Er liebte damals, nackt zu baden, und nahm es auf sich, dafür besonders unwegsame Böschungen oder steile Abhänge zum Wasser hinunterzuklettern, um unbeobachtet zu bleiben. Das Nacktbaden wurde zu jener Zeit in Italien nicht gern gesehen und war insbesondere auf den Inseln besser zu unterlassen, wo man als Fremder mehr auffiel und genauer beobachtet wurde als auf dem Festland. Er legte sich hinter Felsbrocken in die Sonne oder ließ sich mit einer Taucherbrille und einem Schnorchel an abgelegenen Ufern entlangtreiben, wobei sein nackter, blonder Po jeweils wie zwei kleine Honigmelonenhälften aus dem türkisfarbenen Wasser herausragte. Eines Tages erblickte er dabei auf dem Grund etwas Dunkles. Er tauchte und kehrte in höchster Aufregung mit einer schwarzen Beretta-Pistole in der Hand an die Wasseroberfläche zurück. Weil er in seinem Leben fast gar nichts erlebt hat, erzählte er eine Zeitlang immer wieder von dieser

Pistole und schrieb darüber sogar Erzählungen. In einer behauptete er, die Pistole sei ein wichtiges Beweisstück aus einem sardischen Eifersuchtsdrama, bei dem die Mörderin, weil man die Tatwaffe nie gefunden hatte, habe laufengelassen werden müssen.

Die Pistole nahm er nach dem Urlaub mit nach Berlin. Damals reiste man bevorzugt noch im Zug, und Gepäck wurde nirgends durchleuchtet. Da Roman einen militärischen Grundkurs absolviert hatte, wusste er, wie man Waffen zerlegt und putzt. Er kaufte auf dem Rückweg in der Schweiz eine Flasche Neoballistol und eine Packung Patronen – zu jener Zeit konnte dort jedermann in Waffengeschäften jede Art von Munition kaufen; nur für die Waffen selbst benötigte man einen amtlichen Schein. In Berlin nahm er die Beretta auseinander – sie hatte ein paar oberflächliche Rostflecke (wahrscheinlich war ihr das Salzwasser nicht gut bekommen) –, rieb die einzelnen Teile mit dem Universalöl ein, füllte das Magazin mit Patronen, steckte es lose in den Griff, wo es hingehörte, wickelte alles in den mit Neoballistol vollgesaugten Putzlappen und steckte es in einen Lederbeutel – eine Gürteltasche, wie sie in den siebziger Jahren von sogenannten Aussteigern und Abenteurern manchmal auf Reisen getragen wurde. Dazu legte er die Schachtel mit den restlichen Patronen. Eine Waffe mit geladenem Magazin zu besitzen vermittelte ihm jahrzehntelang ein ruhiges, sicheres Gefühl. Zum einen bildete er sich ein, wenn er von einem Einbrecher überrascht werden sollte, die Pistole hervorholen und den Räuber in die Flucht jagen zu können. Zum anderen dachte er, wenn er das Leben dereinst nicht mehr aushalten würde, könne er sich mit ihr von ihm befreien.

Da inzwischen auch an seinem Horizont dunkle Wolken aufgezogen waren – Krankheiten, Schmerzen, Geldsorgen, die nicht mehr zu beheben zu sein schienen, seine Mutter, die von Stunde zu Stunde zerfiel und von ihm immer dringlicher erwartete, dass er sie umbringe, sein Freund B., der dasselbe von ihm verlangte –, und da B. nun auch noch unter einem Durchgangssyndrom Verwirrung litt, das zur Folge hatte, dass er ihm nachts keine Mails mehr sandte, die eine Antwort verlangten, sondern höchstens dann und wann noch kurze, verworrene Abschiedsworte wie die oben zitierten, holte Roman eines Morgens zwischen sechs und acht die Pistole hervor, um sie wieder einmal zu reinigen und auf ihre Einsatzfähigkeit zu überprüfen. In der Zeitung hatte er gelesen, die deutsche Bundeswehr führe viele Waffen in ihrem Bestand, die veraltet und im Ernstfall nicht mehr zu gebrauchen seien.

Die Beretta kam ihm jetzt sehr klein vor, viel kleiner als im Kino. Eine sogenannte Damenpistole wohl. Damit konnte man einen erwachsenen Menschen kaum erschießen, noch nicht einmal aus größter Nähe, fürchtete er. Der Lappen, in den er sie gewickelt hatte, war steif geworden und trocken wie eine Holzschindel. Obwohl er diesmal daran zweifelte, dass sie lebensbedrohliche Wunden zufügen konnte, fand er es doch richtig, die Pistole erneut zu reinigen und ihre Mechanik zu überprüfen. Er nahm auseinander, was auseinanderzunehmen war, und hatte nach kurzem mehrere Teile in der Hand. Eines war der Schlitten, den man zum Laden zurückschieben und vorschnellen lassen musste, um dadurch eine Patrone aus dem Magazin, das im Griff steckt, in den Lauf springen und von da in Schussposition schlüpfen zu lassen. Den kurzen Lauf konnte man mit einem Federmechanismus nach oben schnellen lassen. Beim ersten Mal spickte bei diesem Vorgang eine Patrone durch die Luft und flog in hohem Bogen auf den Boden. Offenbar hatte er die Waffe zwischendurch irgendwann einmal geladen, um sie, wenn es ernst werden sollte, sofort einsetzen zu können. Er erschrak, als die Patrone durch die Luft flog und auf dem Boden aufprallte; er hatte in der Zeitung mehrmals von Unfällen gelesen, die beim Waffenputzen passiert waren. Er konnte sich nicht mehr genau daran erinnern, wie eine Pistole funktioniert.

Neoballistol wurde von seinem Vater im Haushalt bei den verschiedensten Gelegenheiten eingesetzt, vor allem auch als Heilöl bei Hautausschlägen oder gegen schrundige Hände im Winter. Der Duft erinnerte Roman an seine Kindheit. Der Vater mochte Waffen gern und liebte es, sie an Sonntagen zu reinigen; die

Kinder – Roman hatte zwei Brüder und eine Schwester – durften dabei helfen, mit Zahnbürstchen und Rohrputzern.

Roman rieb die einzelnen Teile mit dem Öl ein, konnte danach aber den Schlitten nicht wieder einsetzen. Er suchte im Internet nach einer Beschreibung des Modells nebst Konstruktionszeichnung und fand tatsächlich einen Prospekt, der seine kleine Beretta – in durchnummerierte Einzelteile zerlegt – vorstellte. Jedes Teil war mit dem korrekten Fachbegriff bezeichnet, doch gab es keinen Demonstrationsfilm dazu, in dem gezeigt worden wäre, wie man die einzelnen Teile zu einem funktionierenden Ganzen zusammensetzt.

Er hatte außer in seinen Kurzgeschichten – die naturgemäß für Fiktion gehalten wurden, seitdem französische Literaturwissenschaftler und Soziologen nachgewiesen hatten, dass alles Fiktion ist, was in Büchern steht, und dass *Ich* immer ein Anderer ist und dass andererseits *Ich* immer viele sind, weswegen man aus einem Text niemals Rückschlüsse auf einen Autor ziehen dürfe, dass – eher im Gegenteil –, wenn in einem Buch stehe, ich habe im Meer eine Pistole gefunden, alles möglich sei, nur nicht, dass der Autor dieses Satzes tatsächlich jemals in einem Meer eine Pistole gefunden habe, ja dass er in so einem Fall mit allergrößter Wahrscheinlichkeit eher keine Pistole besitze, vielleicht sogar nicht einmal schwimmen könne – …, er hatte außer in seinen Kurzgeschichten später niemals mehr jemandem von dieser Waffe erzählt. Da also niemand sich daran erinnern konnte, dass er eine besaß, und da er auch mit niemandem darüber sprechen wollte aus Angst, sie sonst niemals einsetzen zu können, wuchs seine Verzweiflung beim vergeblichen Versuch, die Einzelteile wieder zusammenzumontieren. In wachsender Panik versuchte er, den Schlitten auf seine Schienen zu kriegen, doch immer fiel er ihm wieder entgegen. Roman erwog, sich nach einem Schwarzhändler umzuhören. Vielleicht gab es im Norden der Stadt einen arabischen Trödler, der unter dem Tresen Waffen verkaufte? Oder er ging in eine russische Bar und fragte, ob sich jemand mit Waffen auskenne? Oder sollte er seinen Bekannten, der zwei Jahre lang in der Volksarmee gedient hatte, einweihen und ihm die Einzelteile vorlegen? Er atmete tief durch und versuchte es ein letztes Mal – als der Schlitten plötzlich an seinem Ort einrastete und wieder hin- und hergeschoben werden konnte, wie er sollte. Schweißnass von der ausgestandenen Aufregung wikkelte er die nun wieder geladene Pistole in einen frischen mit Waffenöl getränkten Lappen und steckte sie zurück in den Lederbeutel, den er zusammen mit der Munition zurück an seinen Platz unten rechts im Schreibtisch legte.

An B.,
taste Dein Spiegelschränkchen im Badezimmer systematisch und geduldig ab. Bestimmt ist da irgendwo ein Lichtschalter. Das kann gar nicht anders sein. Normalerweise sind sie am Gehäuse oben links oder rechts an der Außenwand angebracht. Manchmal sogar obendrauf. Dann gibt es eine Sorte, bei der der Schalter innen ist (man muss dazu die Spiegeltür aufklappen und das Licht innen oben oder unten an- und ausschalten – eher selten). Und dann gibt es welche, die unter dem Spiegel eine offene Ablage haben (meistens schwarz), auf der man Bürsten, Zahnglas, Zahnpaste etc. deponieren kann. Manchmal ist der Schalter auch dort untergebracht, rechts oder links außen oder innen an der Seitenwand.

Gib nicht auf. Du wirst ihn finden.

Und zur Waschmaschine: Überleg, ob Du irgendwo in Deiner Wohnung die gesammelten Gebrauchsanweisungen und Garantiescheine aufbewahrst? Sonst: Schau Dir die Knöpfe und Zeichen an der Maschine genau an. Überleg, welche was bedeuten könnten. Vielleicht musst Du den Ein/Aus-Knopf drücken, um damit den Deckel zu verriegeln? Danach musst Du wahrscheinlich nichts mehr beachten; Du wirst sämtliche Einstellungen so geregelt haben, wie sie Deinen Bedürfnissen entsprechen. Du brauchst also gar nichts weiter daran zu machen. Nur noch den Wasserhahn aufdrehen (falls Du den zugedreht haben solltest vor dem Weggehen) – und los geht's.

Nicht verzweifeln! In kürzester Zeit wirst Du wieder in blütenreiner Wäsche wandeln wie Giacinto Scelsi (Du erinnerst Dich an den Komponisten, der – als er in Rom lebte – seine Kleidung, nachdem er sie einen Tag lang getragen hatte, grundsätzlich nach London schickte, um sie dort waschen und bügeln zu lassen, weil er der Überzeugung war, in Roms Wäschereien seien nur Pfuscherinnen am Werk).

Und streite Dich beim heutigen Kontrolltermin nicht mit dem Arzt herum. Mag sein, er ist, wie Du schreibst, ein alter Schlitzhund und dumm wie Schifferscheiße. Mach ihm trotzdem keine Vorwürfe. Streiten kannst Du noch lange genug, wenn Du dann wieder bei Kräften bist. Jetzt geht es ausschließlich darum, wieder auf die Beine zu kommen. Und der Arzt wird nur ein Ziel haben: Dich wieder auf die Beine zu kriegen. Erzähl ihm von Deinem Elend und bitte ihn, für Dich eine ambulante Haushaltshilfe zu organisieren.

Dadurch, dass man sich sein Leben so einrichtet, wie es für einen am erträglichsten ist, entfallen mehr und mehr Überraschungen, Unwägbarkeiten, fremde Situationen. Man steht auf, weiß, wo das Bad ist, wo das Handtuch hängt, wo das Klo ist, wo die angebrauchten Kleider liegen, die man noch einmal anziehen will, was als Nächstes zu tun ist, wie die Heizung aufgedreht wird, die Vorhänge geöffnet werden, das Frühstück zubereitet wird, die Zähne geputzt werden, das Jackett angezogen wird, das Fahrrad bestiegen, wie die Pedale getreten werden – der ganze Tag wird möglichst gleich verbracht wie der davor, jede Unebenheit, die einen stört, wird geglättet, damit man sie am folgenden Morgen leichter überwinden kann, um schließlich gar nichts mehr zu haben, über das man stolpern kann, das einen unvorbereitet trifft. Dann ist das Ende erreicht, und himmlischer Frieden breitet sich aus. Wenn man dann gefragt wird, wie es einem geht und was man so tut den lieben langen Tag, ist man ratlos, weil es einem geht wie gestern, wie morgen, und weil man tut, was man auch gestern und morgen schon getan hat. Soll das dann ins Schriftliche übersetzt werden, stürzt man in größte Verwirrung, in Panik. Man kann schließlich nicht schon wieder davon erzählen, wie der Zeitungsverkäufer aussieht, wie die zweitunterste Treppenstufe, wie die Straße vor dem Haus, wie das Fahrrad, wie die Bedienung im Café. Man stellt sich vor, wie es wäre, das Café zu wechseln, um etwas anderes zu erzählen zu haben, wie es wäre, mit der Bedienung mehr zu sprechen als das Nötigste, von ihr vielleicht intime Geständnisse in Erfahrung zu bringen, wie es wäre, sich mit ihr auf ein Abenteuer einzulassen, bloß um etwas zu erleben, das der Rede wert wäre, und man fragt sich, ob Bedienungen solche Abenteuer für sich selbst ebenfalls in Erwägung ziehen.

Andererseits hat man, je älter man wurde, desto mehr, Mängel und Fehler an sich entdeckt, die bewirken, dass man sich zunehmend als unzumutbar empfindet und es vorzieht, sich nicht mehr allzu oft in Gesellschaft zu begeben, zumal man zu realisieren beginnt, dass die Art, in der man erzogen worden und aufgewachsen ist, nur eine von unendlich vielen ist und dass andere Arten, die man früher in seiner Verblendung abgelehnt und verlacht hat, vielleicht viel vernünftiger, lebensfreundlicher und hilfreicher gewesen wären, dass man sich die inzwischen aber nicht mehr antrainieren kann, weil Körper und Geist nicht mehr genug biegsam sind und von Tag zu Tag sogar noch steifer werden, verknöcherter, verhärteter, dass also die Fehler, die man – jeden Tag neue – an sich erkennen lernt, nie mehr zu korrigieren sein werden, weswegen man sich schließlich – erschöpft und verzweifelt und auf der ganzen Linie gescheitert – glücklich darein ergibt, dieses falsch aufgezäumte Leben endlich ziehen lassen und ins Grab steigen zu dürfen.

Oder man entdeckt – schlimmer noch –, dass man sich selbst im Grunde genommen jeden Tag ähnlicher wird, sich wiederholt, imitiert, ja dass man eines Tages wohl endgültig zur Deckung gekommen sein wird mit sich selbst und bis auf einen kümmerlichen Rest all seine Möglichkeiten damit ausgelöscht haben wird. Man beginnt mit der Zeit von allen Dingen zu argwöhnen, sie würden sich wiederholen, selbst von solchen, von denen man nie eine Wiederholung vermutet hätte, die sich möglicherweise nur ähneln und gar nicht wiederholen, man glaubt bloß, sie schon einmal genau so wahrgenommen zu haben; selbst Naturschauspiele meint man eines Tages wiederzuerkennen, nachdem man sie lange genug betrachtet hat – ohne dass man ihnen jemals vorher begegnet ist.

Tröstlich ist die Vorstellung, dass dieses langsame Verschwinden und Verblassen nicht aufzuhalten ist, dass es einer Logik folgt, dass sich von dem Ding, das man aus sich gemacht hat, wie von jedem anderen auch, laut Lukrez permanent hauchfeine Teilchen lösen, Teilchen, die als Bilder in der Atmosphäre umherschweben. Der Mensch, nur ein Beispiel, soll im Tageslicht Milliarden von Bildchen seiner selbst verströmen, ein äußerstes Häutchen nach dem anderen, das sich von ihm ablöse, weswegen er älter werde und schwächer und irgendwann aufgebraucht sei.

An seine Mutter,
es mag blöd klingen, hat aber vielleicht einen buddhistischen Kern: Ich denke, es war gut und richtig, dass Du Deine Küche selbst geputzt hast. Wir alle werden wohl bis zum allerletzten Moment unser Leben voll und ganz führen müssen und dürfen nie nachlassen. Und wenn man im Alter eine halbe Stunde benötigt, um sich morgens anzuziehen, und eine halbe Stunde, um sich abends auszuziehen und ächzend ins Bett zu

sinken – dann braucht man eben so viel Zeit. Fang nicht damit an, Dir helfen zu lassen beim An- und Ausziehen, beim Dich-Waschen, beim Frühstückmachen, beim Wohnungsputzen, beim Bettenmachen etc. Du wirst sonst von Tag zu Tag unglücklicher, weil Du immer mehr Zeit übrig hast, in der Du dasitzt, gewaschen, angezogen, und nicht weißt, was machen. Wenn Du Dir beispielsweise das Frühstück nicht mehr selbst zubereitest, es nicht mehr aufzutragen brauchst, nicht mehr abzutragen, das Geschirr nicht mehr zu spülen brauchst – dann hast Du dadurch bloß eine halbe oder sogar eine ganze Stunde gewonnen, mit der Du nichts anzufangen weißt.

Von Jahr zu Jahr brauche auch ich mehr Überwindung, mein Büro zu putzen. Jedes Mal denke ich, ach, nun bin ich aber wirklich alt genug und habe es endlich verdient, das nicht mehr selbst machen zu müssen, sondern jemanden kommen lassen zu können dafür. Doch dann befallen mich eben buddhistische Zweifel …

Bei Lukrez habe ich einen schönen Satz gelesen. Er hat zwar nichts mit dem eben Gesagten zu tun, vermag aber vielleicht auch Deine Laune kurz zu heben: »Darum legen sich, satt und fett, Rinder und Schafe träge ins üppige Gras, und aus prallen Eutern quillt weiße Milch.«

An B.,

am Tag Deiner Operation stand als Tagesmotto in meiner Agenda: »Eine kleine Operation ist eine, die bei einem anderen ausgeführt wird.« Das schreibe ich, um Dir damit zu erklären, warum Du kaum einen finden wirst, der sich die Mühe macht, nachzuempfinden, was Du hinter Dir hast.

Immer mal wieder lese oder höre ich von Fällen wie Deinem. Immer enden die Geschichten früher oder später da, wo sie gestartet sind: im kleinen Alltag. Finde Dich also damit ab: Du wirst wieder anfangen müssen, mit mir zu korrespondieren und das tägliche Einerlei zu ertragen. Selbst Marlene Dietrich, deren von der Tochter geschriebene Biographie ich gelesen habe, endet nach Vollnarkose-Hämmern und kurzfristig heftigen Verwirrungen immer wieder bei sich und ihren Marotten. Verblüffend, die Parallelität. Ich las das dicke Buch nach Deiner Operation. Gegen Ende ihres Lebens ist sie gesundheitlich ein Wrack und muss sich dann und wann Operationen unterziehen, unter Vollnarkose. Wie das geschildert wird, hat mich ganze Seiten lang – manchmal bis in die Wortwahl – an die Horror-Bewusstseinstrübungen erinnert, von denen Du berichtest.

Vergiss das alles möglichst schnell, sonst treibt Dich Deine Wut noch vor des Teufels Hörner. Hoffe mit mir, dass Du lange Zeit keine Operation mehr über Dich ergehen lassen musst. Lasset uns beten …

Auf einer Abraham-Lincoln-Karte schrieb ihm seine Tante: Lieber Roman, grundsätzlich bin ich nur nervös, weil ich daheim hocke und Schmerzen habe, aber die Mittel, die ich dagegen nehme, sind nichts wert. Man müsste mich in ein Irrenhaus stecken, dann würde ich vielleicht gesund und lieber dort fortrennen. Mehr nicht für heute.

An die Tante,
jeden Tag Schmerztabletten? Das ist wahrscheinlich falsch, weil es bestimmt den Magen angreift, der bei Dir ja sowieso längst keine Pracht mehr ist. Kannst Du vielleicht einmal – zum Ausprobieren – ein Morphinpflaster bekommen gegen die Schmerzen? Das Schlimme ist, dass man selbst nichts ändern kann an seinem Leben. Man meint bei anderen immer, sie müssten es bloß so oder so machen, dann würde sich ihre Situation schlagartig verbessern. Für sich selbst aber weiß man, dass man seine Situation – egal ob man es so oder so macht – nicht verbessern kann.

Im Fernsehen schauen meine Freundin und ich uns manchmal eine Medizinratgebersendung an, die alle zwei Wochen kommt. Da wird zuerst jeweils ausführlich ein Schwerpunktthema behandelt (Herz, Knie, Brustkrebs, Magen, Arthrose usw.). Das ist meistens langweilig. Doch dann, zum Schluss, folgt *Abenteuer Diagnose* (so oder ähnlich ist der Titel). Da wird ein Fall vorgestellt, der die Medizin an ihre Grenzen führte. Beispielsweise fällt jemand eines Tages plötzlich um und kann nicht mehr aufstehen, oder er kriegt ekelerregend grüne Flecken im Gesicht und muss sich immer wieder übergeben, oder seine Augen beginnen aus dem Kopf zu quellen oder was weiß ich. Die reale Person, der das geschah, erzählt vor der Kamera, wie es war und wie es sich anfühlte (oder die Eltern der Kinder, denen es geschah, erzählen, wie es war – oft handelt es sich um Kinder). Parallel dazu stellen Schauspieler die von der rätselhaften Krankheit befallenen Opfer dar und deren Leidensgeschichten. Man sieht in nachgestellten Szenen, wie sie ins Krankenhaus eingeliefert und dort von Ärzten untersucht werden usw. Auch die Ärzte werden von Schauspielern dargestellt (parallel dazu treten jeweils auch die Originalärzte auf und erzählen, was sie gedacht und welche (Fehl-)Diagnosen sie gestellt hatten).

Den Darstellern der Patienten und der Ärzte zuzuschauen ist ein Genuss. Die Patienten (vor allem auch die Kinder) spielen oft mit grandioser Emphase. Der Schweiß rinnt über ihre bleichen, gequälten Gesichter, sie lassen sich immer wieder mit Zuckungen zu Boden fallen usw. Aber auch die gespielten Ärzte sind oft großartig. Meist unterbezahlte Kleindarsteller, die sonst nie eine richtige Rolle zu spielen kriegen und nun endlich einmal in einem weißen original Eppendorfer Arztkittel als geniale Diagnostiker über sich selbst hinauswachsen dürfen.

Warum ich's erzähle: Die Krankheiten sind oft erschreckend, für mich als Zuschauer unvorstellbar schmerzhaft, nicht aushaltbar. Und das Leiden dauert oft jahrelang. Bis am Ende irgendein Mediziner auf eine vollkommen überraschende Idee kommt und eine Untersuchung anstellt, auf die vorher keiner kam, weil er von einer frisch entdeckten Krankheit gehört hat, an die ihn die Symptome erinnern – und tatsächlich findet er endlich den wahren Verursacher des Leidens. Meistens handelt es sich um »Autoimmunsystemstörungen« (das Wort kenne ich aus dieser Sendung).

Hoffentlich tritt auch bei Dir zufällig irgendwann dieser Professor Doktor Wunderlich auf, der herausfindet, dass Du bloß an Zinkenit-Mangel oder solchem an roher Ziegenmilch leidest, und sobald Du davon genug appliziert bekommst, kannst Du plötzlich wieder auf die Rocky Mountains steigen und in den Pazifik tauchen.

Aus seinem Badezimmer kann er in das der gegenüberliegenden Wohnung sehen. Dort ist morgens durch die Strukturglasscheibe als gewellte Silhouette manchmal die junge Nachbarin dabei zu beobachten, wie sie sich vor ihr Handwaschbecken stellt und unheimliche Dinge tut. Zuerst beugt sie sich darüber, hält ihr Gesicht sehr nah an den Wandspiegel vor sich und fingert am linken Auge herum. Dann scheint sie es aus der Höhle zu drücken, herauszunehmen und in ein Glas oder einen Becher zu legen, in dem sie es eine bestimmte Anzahl mal in einer Richtung schwenkt, um es danach herauszufischen, abzutropfen und wieder einzusetzen. Dann folgt die gleiche Prozedur mit dem rechten Auge, das sie im Behältnis gleich oft andersherum schwenkt und wieder einsetzt. Dann fasst sie sich in den Mund und holt etwas heraus – die Zunge? –, bürstet sie unter fließendem Wasser ab, sprüht sie mit etwas aus einem kleinen Fläschchen ein – es sieht aus wie das Fläschchen *Octenisept Wunddesinfektion*, das bei Roman im Bad steht – und legt sie zurück in den Mund. Dann wird's noch unheimlicher, weil die Sicht zusätzlich eingeschränkt ist durch eine Querstrebe des Fensterkreuzes: Es macht den Anschein, als öffne sie ihren Brustkasten und hole dort Dinge heraus, zuerst das Herz?, das sie in eine flache Schale links von sich legt und mit der Flüssigkeit aus dem kleineren Behältnis übergießt. Als Nächstes folgt die Leber?, die sie unter laufendem Wasser spült und in die Schale zum Herzen legt, schließlich noch die Blase?, die sie mit Wasser füllt und auswringt, worauf sie alles, nachdem sie es mit Küchenpapier (?) abgetupft hat, zurück an seinen Platz räumt, den Brustkorb schließt, sich das Gesicht benetzt, es trockentupft, ihr Werk im Spiegel prüft und dann das Badezimmer verlässt, um in der Küche aufzutauchen, wo sie einen Topf mit Wasser füllt und auf den Kochherd stellt.

Im Treppenhaus riecht es, wenn Roman seine Zeitung holen geht, jeweils nach frischem Kaffee und zart nach Äther.

Die junge Frau wohnt zusammen mit einem lang gewachsenen dünnen Mann und einem kleinen Hund, einem Foxterrier. Der Mann ist von Beruf Anwalt. Jeden Morgen zur gleichen Zeit, zu der Roman seine Tür öffnet, um die Zeitung holen zu gehen, öffnete lange Zeit auch der Anwalt die seine, um den Hund nach draußen zu führen. Wenn Roman und er ihre Türen genau im selben Moment öffneten, zuckte der Anwalt erschrocken zurück und warf seine wieder ins Schloss. Wenn er bereits aus seiner Wohnung hinausgetreten war in dem Moment, in dem Roman seine Tür öffnete, traute er sich nicht mehr zurückzutreten, zumal der Foxterrier bereits auf dem Treppenabsatz wartete und nicht so schnell zurückgerufen werden konnte. Der Anwalt grüßte in diesem Fall mit kurzem, starrem Grinsen. Roman grüßte ebenso starr zurück und ging dann hinter den beiden die Treppe hinunter. Zwei, drei Monate ging das so. Keiner wollte sich vom anderen aus seinem Rhythmus bringen lassen und seinen Zeitplan umstellen. Roman verwahrte sich dagegen, bloß um seinen Nachbarn nicht grüßen zu müssen, fünf Minuten früher oder später seine Zeitung holen zu gehen, und der Anwalt verwahrte sich dagegen, bloß eines Nachbarn wegen fünf Minuten früher oder später seinen Hund auszuführen. Unten angekommen, ließ der Anwalt den Hund nach links rennen, auf dass er dort, an einem entfernt stehenden Baum, sein Geschäft verrichten möge, Roman ging nach rechts. Meistens war der Morgenspaziergang des Anwalts mit seinem Hund genau dann zu Ende, wenn auch Roman vom Zeitungsladen zurückkam. Der Anwalt überquerte, wenn er Roman auf sich zukommen sah und die Gefahr bestand, dass sie vor ihrem Eingangsportal aufeinandertrafen, die Straße und gab vor, an der Litfaßsäule, die auf der gegenüberliegenden Seite stand, die Plakate zu studieren. Da die Plakate oft tagelang nicht durch andere ersetzt wurden, kam er sich dabei bestimmt manchmal lächerlich vor. Trotzdem bestanden die beiden Nachbarn auf ihren einmal festgelegten Zeitplänen.

Der Hund konnte seit längerem die Treppen nicht mehr gut steigen. Er war zu alt dafür und hatte einen kaputten Rücken. Manchmal musste der Anwalt ihn sogar runtertragen, und um zurückzukehren nahmen die beiden grundsätzlich den Lift. Wenn der Anwalt mit Roman gleichzeitig hätte zurückkehren wollen, hätte er ihn anstandshalber fragen müssen, ob er mit ihnen zusammen im Lift hochfahren wolle. Roman hatte keinen Schlüssel für den Lift ausgehändigt bekommen und durfte ihn nicht benutzen, weil er sich weigerte, die monatlichen Kosten dafür zu bezahlen. Der Anwalt war spezialisiert auf Mietrecht und hatte unter anderem den Hausbesitzer in der Liftangelegenheit gegen Roman vertreten und diese Vereinbarung ausgehandelt. Roman hatte sich danach zwar einen Dietrich für das Schloss herstellen lassen und benutzte in unbeobachteten Momenten den Lift trotz des Verbots. Der Anwalt durfte das offiziell natürlich nicht wissen. Deswegen benutzte Roman an den gemeinsamen Morgen ostentativ die Treppe. Weil ihn aber ärgerte, dass der Anwalt sich nicht davon abbringen ließ, zur selben Zeit wie er nach draußen zu gehen, machte er sich einen Spaß daraus, wenn er den Anwalt auf der gegenüberliegenden Straßenseite mit dem Rücken zum Hausportal die Plakate an der Litfaßsäule studieren sah, sich zu beeilen und ihm den Lift vor der Nase wegzuschnappen. Er stellte sich beim Hochfahren dann jeweils vor, wie der Anwalt mit dem Hund zurückkam, nachdem er Roman aus den Augenwinkeln das Haus hatte betreten sehen und annehmen konnte, dass die Luft nun rein war. Das Vergnügen, sich auszumalen, wie er an den Lift trat, den Schlüssel ins Schloss steckte und drehte – und die Tür öffnete sich nicht, obwohl er doch eben erst runter gefahren war und der Lift eigentlich noch für ihn bereitstehen müsste –, hellte Romans Stimmung auf.

Da der Anwalt morgens in Eile war – er musste pünktlich zur Arbeit und ärgerte sich über jede Sekunde, die er unnötigerweise verlor –, gab er schließlich klein bei und führte seinen Hund sieben Minuten vor acht nach draußen. Seither begegneten Roman und er einander nur noch selten.

Der Hund hatte eine schwache Blase. Manchmal konnte er sein Wasser nicht halten und pinkelte in den Lift, manchmal zog sich eine Urinspur vom Lift bis zum Eingangsportal, manchmal schaffte er es nur gerade bis zum Baum vor dem Haus. Irgendwann war der Hund verschwunden. Im Haus hieß es, er habe eingeschläfert werden müssen.

Nachdem Roman beim ägyptischen Händler die Zeitung geholt hat und wieder zu Hause ist, setzt er Wasser auf und holt Haselnüsse, Mandeln und Geschirr aus dem Küchenregal. Sobald das Wasser gekocht und ein wenig abgekühlt hat, gießt er Tee auf, stellt Kanne, Geschirr und Nüsse auf ein Tablett und trägt es ins Speisezimmer, wo er den Tisch deckt. Dann setzt er sich hin und beginnt in der Zeitung zu lesen.

Vom anderen Ende der Wohnung kommt seine Geliebte angetaumelt und setzt sich an die gegenüberliegende Seite des Tischs. Sie leidet unter einer Art Schlafkrankheit und braucht am Morgen lange, um zur Besinnung zu kommen. Von Beruf ist sie vergleichende Literaturwissenschaftlerin. Als Kind war sie von ihrem Vater Du meine Freude genannt worden, manchmal auch Küken oder Mäuschen, dann wieder – wegen ihrer feinen, weichen Haare und der großen Augen – Lamalein oder Alpäckchen, womit er ein junges Lama oder Alpaka meinte. Er ist längst gestorben. Ihre Mutter auch. Manchmal sagt Roman heute noch Hedy zu ihr, weil ihn die Geschichte vom Vater, der sie kleines Lama nannte, damals, als sie sie erzählte, an den Namen der österreichischen Hollywoodschauspielerin Lamarr erinnert hatte: Hedy Lamarr.

Nach ein, zwei Stunden, während derer sie schwankend dasitzt, vor sich hin schaut und damit beschäftigt ist, die Augen offen zu halten und regelmäßig ein- und auszuatmen, hat Roman die Zeitung durchgelesen und auch noch das Vermischte aus Deutschland und der Welt überflogen, ohne dass er irgendetwas von allem hätte in sich aufnehmen oder gar behalten können. Er steht auf, legt die Zeitung zum Altpapier und ruft nun manchmal seine Mutter an. Sie beklagt sich, immer allein zu sein und Schmerzen zu haben. Meistens klingelt es während des Gesprächs an ihrer Wohnungstür. Sie sagt, sie müsse jetzt auflegen, es komme sie jemand besuchen, er solle bitte später noch einmal anrufen. Er legt auf und macht sich bereit, um zur Arbeit zu fahren.

In der Zwischenzeit sind die Lebensgeister langsam in seine Geliebte zurückgekehrt, und sie beginnt in Gedanken, Literatur miteinander zu vergleichen. Zerstreut ruft sie ihm zu, auf Wiedersehen, mach's gut. Auch er ruft, auf Wiedersehen, mach's gut. Dann zieht er die Tür hinter sich ins Schloss und verlässt das Haus. Am Abend, wenn er von seiner Arbeit zurückkommt, fragt er sie manchmal, wie es ihr ergangen sei, ob sie Ähnlichkeiten habe feststellen können in der Literatur oder Unterschiede, und sie sagt Ja. Dann fragt sie umgekehrt ihn, wie es ihm ergangen sei, und er sagt ebenfalls Ja; mehr fällt ihm nicht ein.

Tagsüber ist er unruhig und hat wenig Freude, weil sie nicht bei ihm ist. Dann steigen manchmal finstere Gedanken in ihm auf wie Wasser bei Flut. Er fühlt, wie er von ihnen überspült wird – man muss fliehen. Dann legt er sich auf den Rücken und tut nichts, und die Flut geht vorüber.

Er fährt mit dem Rad zur Arbeit. Das hat er, mangels ungewöhnlicherer Angewohnheiten, schon oft erwähnt, weswegen es hier – aus Furcht vor Wiederholungen – nicht weiter ausgeführt wird. Die Strecke, die er zu fahren hat, führt eine Zeitlang am Außenzaun des Zoologischen Gartens entlang, wo er jeweils zwei Kamele sieht, die ihm hochmütig hinterherschauen. Danach folgt ein Gehege, in dem er noch nie ein Tier zu Gesicht bekommen hat, dann folgen ein paar Quadratmeter verstepptes Gras, auf denen ein kleiner, grauer Esel steht, der den Boden unter sich betrachtet.

In den Sommerferien reist Roman, wann immer er es einrichten kann, zusammen mit seiner Geliebten für drei Wochen auf eine griechische Insel. Auch davon hat er schon oft berichtet mangels aufregenderer Abwechslungen, weswegen auch darauf hier nicht näher eingegangen werden kann.

An B.,
wie geht es mit Deinem Kopf? Wird es darin von Tag zu Tag heller, lichter, luftiger? Bist Du bald wieder so klar wie vor der Operation? Kann ich Dich alleine lassen?

Meine Freundin und ich fliegen am nächsten Dienstag nach Griechenland. Ich habe einen günstigen Flug ergattert, nach Samos. Dort waren wir schon einmal. Eine dieser in der Saison überfüllten Rummelinseln, wie alle, die einen internationalen Flughafen haben. Wir werden – wie schon so viele Jahre zuvor – versuchen, eine andere, kleinere zu finden, auf der es irgendwie erträglich ist. Wobei ich mich bereits darauf einstelle, dass wir – wie so viele Jahre zuvor – an dieser Aufgabe einmal mehr scheitern und einander jeden Abend schwören werden, zum letzten Mal nach Griechenland gereist zu sein. Vielleicht ist das meine Art, Material zu sammeln, um dereinst endlich meine Odyssee schreiben zu können: Jedes Jahr eine andere Insel ansteuern, jedes Jahr auf derselben landen.

Um uns bei ihnen zu verabschieden, haben wir für heute Abend zwei Bekannte eingeladen. In drei Stunden kommen sie. Ich bin bereits jetzt für nichts mehr zu gebrauchen, sitze wie gelähmt auf einem Stuhl, kann nicht lesen, nicht denken, nichts tun und warte auf das unvermeidliche Klingeln wie aufs Klirren des Schlüssels des Wärters, der die Tür zu meiner Zelle öffnen und mich zum Schafott begleiten wird.

Die Reise führte sie diesmal auf die Insel Patmos, die man sich der Einfachheit halber am besten so vorstellt wie alle anderen griechischen Inseln auch.

Am Kieselstrand, an dem Roman jeden Tag badete, tauchte am frühen Nachmittag jeweils ein alter Mann mit einem jungen Esel auf. Er band ihn unter einer Tamariske fest, trat ans Ufer, schlüpfte aus seinen Plastikschlappen und watete bis zu den Knien ins Wasser, wo er stehen blieb und über es hinwegblickte. Der junge Esel stand im Schatten und schaute um sich. Nach einer Weile pumpte er sich auf und schrie oder wie das bei Eseln heißt: Er stieß mit heiserem Ton die gesamte Luft auf einmal aus sich heraus und saugte keuchend neue ein, presste sie wieder heraus, saugte wieder neue ein und so weiter. Nachdem er das ein paar Mal getan hatte, ließ er in seinem Eifer nach, und das Geräusch, das noch nicht besonders kräftig klang und wenig beeindruckend war, verebbte; wahrscheinlich befand er sich im Stimmbruch. Der alte Mann rief ihm, wenn er zu schreien begann, über die Schulter hinweg jeweils etwas Beruhigendes zu, etwas in der Art wie, ist ja schon gut, Luca, ich komme gleich. Der Esel hieß offenbar Luca wie der Evangelist Lukas. Patmos ist eine stark religiös geprägte Insel. Der Legende nach soll dort der Apostel Johannes in einer Höhle gesessen haben und zu seiner Offenbarung inspiriert worden sein, dann beschrieb er den Weltuntergang. Wenn Luca die Geduld endgültig zu verlieren drohte, watete der alte Mann zurück ans Ufer, schlüpfte in die Plastikschlappen, ergriff den Strick des jungen Esels und trottete davon, von diesem gefolgt wie von einem müden Hund, den gleißenden Hügel hinauf, wo Roman die beiden aus den Augen verlor.

Patmos wird hier erwähnt, weil ein Schauspieler, mit dem Roman jahrzehntelang befreundet war, in den achtziger Jahren jeden seiner Sommerurlaube dort verbracht und Roman davon jeweils eine Ansichtskarte geschickt hatte, jeden Sommer die gleiche. Es waren darauf zwischen graugrünem Geröll, Gras und Gestrüpp ein paar willkürlich verstreute weiße Häuserkuben zu sehen und ein langgestrecktes flaches Gebäude im Bauhausstil. Am unteren Rand der Karte leuchtete ein Streifen sehr blauen Wassers. Das Foto zeigte, wie der Legende auf der Rückseite zu entnehmen war, den Hafenort Skala. Das flache Gebäude war ein Hotel namens Patmion, in dem der Schauspieler Jahr für Jahr abstieg, was er auf der Karte jedes Mal vermerkte. Er miete – auch das erwähnte er jedes Mal – für die gesamte Dauer seines Urlaubs einen Motorroller und fahre täglich einmal um die ganze Insel, die dafür genau die richtige Größe habe, nicht zu groß, nicht zu klein. An einer der Buchten, an der die Windverhältnisse gerade günstig seien, mache er jeweils Halt, steige ins Wasser, schwimme ein wenig hin und her, lasse sich trocknen, setze sich wieder auf den Roller und fahre die Runde zu Ende, zurück zu seinem Hotel, vor das er sich setze, um darauf zu warten, dass es Abend werde und die Zeit zum Essen komme. In einer dieser leeren Stunden schrieb er wohl jeweils die Postkarte, die er Jahr für Jahr unterzeichnete mit *Herzliche Grüße von Deinem Patmäuschen*.

Er war relativ klein gewachsen, hatte olivbraune Haut und dunkle, schwermütig verhangene Augen. Als Knabe hatte er im Krippenspiel bestimmt zwei, drei Mal den König aus dem Morgenland gespielt. Er wurde von allen der Perser genannt. Seine Körperhaltung war irritierend geduckt, eine Mischung aus Demut und Sprungbereitschaft; er bewegte sich lauernd, schleichend, dabei doch irgendwie steif, hölzern; etwas zwischen Schakal und Storch.

In seinen sogenannt besten Jahren galt er in Theaterkreisen als gefährlich oder zumindest tückisch und unberechenbar. Nicht dass er Regisseure oder Kollegen geschlagen hätte. Im Gegenteil, er hielt sich körperlich aus allem raus, fürchtete sich vor Nähe und vermied jeglichen Körperkontakt. Er hielt jedermann auf Distanz, verletzte nur mit Worten und gezielten Beleidigungen, ließ seine Kollegen in der Kantine und auf offener Bühne auflaufen, überlistete sie und legte sie rein, wo immer er konnte. Er misstraute jedem, hielt jeden für einen potenziellen Denunzianten, hütete sich vor allen, verließ sich auf niemanden. Vor

Publikum spielte er offensiv, ungeschützt, halsbrecherisch, womit er die Kollegen verwirrte und in ihnen eine Beißhemmung auslöste. Sie wirkten neben ihm unsicher, verstört. Das Publikum ließ er hingegen in fast obszöner Offenheit seine schwachen Stellen sehen und lieferte sich ihm aus. Er zwang es auf diese Weise gewissermaßen, ihn zu beschützen und darauf zu achten, dass keiner seiner Kollegen ihn an diesen Stellen angreifen und verwunden könne. Die eine Hälfte der Zuschauer fühlte sich dadurch geehrt und machte es sich zur Aufgabe, ihn vor dem Spott der anderen Hälfte und vor den Bloßstellungen seiner Kollegen zu beschützen.

Roman war ihm und seiner Art zu spielen – einer Mischung aus Exhibitionismus und hysterischer Schamhaftigkeit – verfallen. Als Zuschauer ergab man sich ihm entweder oder man lehnte ihn ab; man war in ihn und seine Extravaganzen vernarrt oder man verabscheute ihn und hielt ihn für manieriert und egomanisch.

Irgendwann hatte er einen Herzinfarkt und musste ab da blutverdünnende Tabletten schlucken. Das schwächte ihn. Sein Misstrauen wuchs. Er belauerte jeden, der mit ihm sprach. Freunde beleidigte er so lange, bis sie den Kontakt zu ihm abbrachen, worauf er schulterzuckend sagte, er habe immer gewusst, dass sie keine wahren Freunde seien und ihn im erstbesten Moment verraten würden.

Doch das änderte nichts an der Faszination, die er auf Roman ausübte. Allein sein Duft! Er benutzte ein starkes Parfüm, das an eine Opiumhöhle denken ließ. Er hatte einen schnellen Verstand, dachte und sprach auf abseitigen Pfaden, hatte eine Schwäche für Betrüger und Scharlatane, mit denen er sich umgab, und bewahrte sich – von ihnen dazu angestiftet – eine permanent schillernde Unberechenbarkeit.

Roman hatte als junger Mann einen Film gedreht, in dem der Perser einen in die Jahre gekommenen, nie so richtig an die Spitze des Konzertbetriebs gelangten Schubertsänger spielte, der sich, weil er durch jüngere, schönere, bessere ersetzt worden war, inzwischen als Schnulzensänger mit Auftritten in Nachtclubs durchschlagen musste. Im Verlauf des Films sollte sich herausstellen, dass der Sänger von einem Bauchspeicheldrüsenkrebs befallen war und die letzten Wochen seines Lebens verbrachte, was er aber niemandem verriet und was auch die Zuschauer nur am Rand und wenn sie sehr aufmerksam waren erfuhren. Roman meinte, so ein unsichtbarer Tod, der über einem Film schwebe, werde ihn, den Film, auf unheimliche Weise aufladen und vorüberziehen lassen wie eine Erscheinung. Als Zuschauer werde man nicht begreifen, was geschehe, und vor lauter Ratlosigkeit und Verwirrung neunzig Minuten lang gebannt auf die Leinwand starren und am Ende nicht wissen, ob man die ganze Zeit geweint oder gelacht habe. Leider ging sein Konzept nicht auf. Dem Film war kein Erfolg beschert. Wahrscheinlich hätte man den Zuschauern doch verraten sollen, worum es darin ging. Wenigstens den Bauchspeicheldrüsenkrebs hätte man deutlicher erwähnen sollen, denn für tödliche Krebse hatte der gemeine Kinogänger damals geradezu eine Leidenschaft; es war sträflich dumm, ihn zu verbergen.

Roman hatte den Perser nach diesem gemeinsamen Versuch aus Scham lange Zeit gemieden. Nach und nach erst hatte sich die Pein, die mit dem Desaster so eines missratenen Films verbunden ist, aufgelöst.

Auf dem Höhepunkt seiner Schauspielkarriere kursierte vom Perser das Gerücht, er gehe sexuell abartigen Neigungen nach, obwohl niemand ihn jemals dabei beobachtet hatte, dass er eine Frau mit Obszönitäten aus der Fassung gebracht oder einen Jüngling unsittlich berührt hätte. Er hielt überall und immer Distanz zu den anderen. Das Einzige, was man vielleicht hätte sagen können, war, dass er seine dunklen Augen bevorzugt auf den Jungen ruhen ließ, wenn welche anwesend waren. Die einen munkelten, er liebe Knaben, die anderen, er suche in Abständen eine Domina auf, die er dafür bezahle, dass sie ihn blutig schlage.

Zur größten Überraschung aller heiratete er eines Tages eine leitende Angestellte der Allgemeinen Ortskrankenkasse, eine sanfte, ordnungsliebende, mütterliche Frau. Mit der zog er zusammen in eine Wohnung, ohne dass sich deswegen die Gerüchte, die sich um ihn rankten, gelegt hätten. Man behauptete, die Verbindung mit der Krankenkassenangestellten sei rein platonischer Art, und raunte nach wie vor von Knaben, mit denen er öffentliche Toiletten aufsuche, und von der Domina, die ihn in einem Häuschen mit Vorgarten am Rand der Stadt mit einer Stacheldrahtrute empfange.

Die Krankenkassenangestellte fasste Vertrauen zu Roman. Sie hielt ihn für ebenso sanft, ordnungsliebend und mütterlich wie sich selbst und war der Überzeugung, der Umgang mit ihm tue ihrem Mann gut.

Nach ein paar Jahren begann sie zu schrumpfen und wurde blass und mager. In einer auf seltene Krankheiten spezialisierten Klinik wurde festgestellt, dass sich die Blutkörperchen, die weißen oder die roten, in ihrem Körper nicht mehr erneuerten und von Tag zu Tag weniger wurden; eine unheilbare Krankheit, die unweigerlich zum Tod führte. Die beiden zogen nach Baden-Baden in eine Neubauwohnung, weil die Frau meinte, dort sei das Klima mild und das werde ihrem Mann bekommen, wenn sie dereinst nicht mehr für ihn sorgen könne.

Einmal besuchte Roman sie dort. Das war in der Vorbereitungszeit für den Sängerfilm. Er wollte dem

Perser von dem Projekt erzählen und ihn für die Rolle gewinnen. Seine Frau öffnete ihm die Tür und ließ ihn in den verblüffend niedrigen Flur eintreten. Der Perser war unterwegs und hatte bei ihr angerufen, um zu melden, er würde sich verspäten; sie solle Roman hereinbitten und ihm einen Tee anbieten. Die Frau führte ihn in die Stube und ließ ihn auf einem antiken Sofa mit winzigen Füßchen Platz nehmen. Dann verschwand sie in der Küche. Die Wohnung war sehr rein und vollgestellt mit Puppen und Nippes. Links von Roman saß ein Plüsch-Panda, rechts lehnten ein Knabe und ein Mädchen mit Porzellanköpfen an einem Kissen, hinter ihm auf der Rücklehne des Sofas balancierte ein gehäkelter Affe, um dessen Hals sich eine Schlange wand. Das Sofa war ungewöhnlich niedrig, so wie auch die beiden Sessel links und rechts vom Cocktailtisch. Wenn man in den Möbeln saß, verlor sich der Eindruck, die Decke könne einem auf den Kopf fallen. Die Frau kam mit einem Tablett, auf dem eine Teekanne, drei Tassen und ein silbernes Körbchen mit getoasteten Rosinenbrotscheiben standen. Sie sagte, so werde in England Tee serviert. Sie liebe England. Die Rosinen in den Toastscheiben waren glühend heiß; Roman verbrannte sich die Zunge an ihnen.

Der Perser fühlte sich gehemmt und sprach in einem höhnischen Ton, als er Roman im niedrigen Neubauzimmer auf seinem Sofa mit den verkrüppelten Füßchen sitzen sah. Ohne den Mantel auszuziehen, schlug er vor, zu einem Jugoslawen essen zu gehen.

Roman hatte damals Probleme mit seinen Knien und musste sich, um aufstehen und den Perser begrüßen zu können, auf dem Sofa zuerst zur Seite drehen und auf den Boden gleiten lassen, um sich dann an der Sofalehne und am Türrahmen emporziehen zu können.

Der Perser behauptete, er mache sich nichts aus Essen. Beim Jugoslawen sei es günstig und die Hackfleischspieße und der Reis mit der Tomatensauce würden ihm schmecken. Das sei praktisch zu essen, man brauche kein Messer, könne einhändig Happen abstechen und sie ohne zu tropfen in den Mund schaufeln. Er würde mit seiner Frau zusammen jeden zweiten Abend dort essen gehen, immer dasselbe. Sie gingen also hin und bestellten dreimal dasselbe. Die Frau liebte ihren Mann und verehrte ihn als Schauspieler.

Bald darauf starb sie. Roman wohnte zu jener Zeit mit seiner Geliebten in St. Peter-Ording. Ein unbeholfener Versuch, aus seinem Trott auszubrechen und ein anderes Leben auszuprobieren. Er stellte sich vor, am Meer werde er froh. Dass er von diesem Tod benachrichtigt wurde, rührte ihn. Er wusste, dass es auf keinen Fall der Perser gewesen sein konnte, der ihm die Anzeige geschickt hatte, da der Konventionen verachtete. Unterschrieben war sie von einem Mann, den

Roman nicht kannte. Er wollte – der Frau zuliebe – dem Perser beweisen, dass es auf der Welt auch verlässliche Freunde gab und dass man nicht immer allen misstrauen solle. Deswegen reiste er aus St. Peter-Ording zur Trauerfeier an. Sie fand im Grünen statt, irgendwo in der Eifel, in einem sogenannten Friedwald. Vorher versammelte man sich in einer Kapelle. Außer Roman waren noch etwa vierzehn Leute da, vor allem Familienangehörige der Frau. Der Perser hatte zwei junge, ausgemergelte Begleiterinnen an seiner Seite, beide modderfarben geschminkt, mit dunklen Augenringen. Durch ihre Lippen, Nasenflügel und Ohrläppchen hatten sie Sicherheitsnadeln gesteckt und waren in schwarze, spinnwebartige Umhänge gewickelt. Er hielt sich mit den beiden abseits, war sehr blass und gab Roman auf eine exzentrische Art die Hand; bloß zwei schlaff herabhängende Finger hielt er ihm entgegen, als er auf ihn zutrat. Es war nicht festzustellen, ob er sich freute oder ob es ihm unangenehm war, dass Roman an dieser Zeremonie teilnahm. Die Todesanzeige hatte offensichtlich der Bruder der Frau geschickt, weil Romans neue Adresse in ihrer Agenda stand. Der Perser hatte sehr viel Musik zusammengestellt für die Feier, Schubert, Elvis Presley und Stücke, die Roman nicht kannte. Das ließ er alles hintereinander laufen, ohne ein einziges Wort der Erklärung dazu. Es war kalt in der Kapelle. Die Tür stand offen, Wind wehte herein. Nach einer Dreiviertelstunde ging man hinter einem Beamten, der die Urne trug, in den Wald, wo unter einem Baum ein kleines Loch ausgehoben worden war, in das die Urne versenkt wurde.

An B.,
auf Patmos habe ich den Briefwechsel zwischen Gustave Flaubert und George Sand gelesen. Flaubert wird in seinen Briefen mit zunehmendem Alter immer wütender und mürrischer. Würdest Du noch schreiben, würdest Du klingen wie er. Manchmal dachte ich ganze Abschnitte lang, Du seiest es, der schreibe. Nur eben: Du schreibst nicht mehr. Er drückte sich im Unterschied zu Dir auch im Alter noch aus, und zwar je älter, desto wortreicher. Und versuchte immer besessener, seine Wut und seinen Hass auf die Menschheit so in Worte fassen zu können, dass endlich kein Widerspruch mehr möglich sei und dass einfach jeder ihm recht geben müsse. Und George Sand bäumt sich immer vehementer gegen seine Misanthropie auf und schreibt ihm seitenweise, er solle sich endlich zusammenreißen, er solle an die frische Luft gehen, er solle sich bewegen, er solle Leute treffen, er solle sich leichtere Stoffe vornehmen etc. (Und ich stellte mir bei ihren Briefen immer vor, wie wütend sie ihn machten und wie er sich zusammennehmen musste, um nicht zurückzubellen, er verbitte sich solch alberne Ratschläge, sie solle sie sich in die Haare schmieren, es sei

unverschämt, ihm mit solchem Sonntagsschuldreck zu kommen, ihm sei es bitterernst, das Leben sei zum Verrecken …)

Der Briefwechsel endet mit George Sands Tod. Sie stirbt – zehn Tage lang, unter Qualen – an einem Darmverschluss.

Eine beunruhigende Entwicklung habe ich zu vermelden: Ich möchte, seit ich zurück bin, nur noch auf Stühlen sitzen, an Tischen, im warmen Schatten, und dann und wann eine kleine, harmlose Geschichte hören, dann und wann einen kurzen, harmlosen Satz sagen, einen, der mir gerade so einfällt und zu dem mir zwei, drei Wörter fehlen, die mir entfallen sind, weswegen ich sie einfach weglasse oder *Ding* oder *Zeug* an ihrer Stelle sage, was nichts ausmacht, weil die Sätze auch mit den richtigen Wörtern nicht bedeutender würden. Das ist in unseren Breitengraden leider erst ab neunzig erlaubt, fürchte ich. In Griechenland scheint's ab achtzehn schon eine akzeptierte Existenzform zu sein. In letzter Zeit fällt mir das oft auf: Was für ein verkrampftes Verhältnis wir zur Arbeit haben. Wer träumt bei uns schon öffentlich davon, eine Arbeit zu finden, die er gern macht? Arbeiten tut man bei uns, um damit möglichst viel Geld zu verdienen und sich mit dem Geld dann – nach der Arbeit – das Leben leisten zu können, von dem man sich vorstellt, es sei schön. Warum ist es uns so fremd, während der Arbeit schon leben zu wollen? Mir scheint, die Inselgriechen kennen dieses Problem nicht. Ein Inselbusfahrer geht am Morgen zur Arbeit, wie er zum Morgenkaffee geht: recht gern. Er trifft dort Kollegen, setzt sich mit ihnen an einen Tisch, trinkt Bier, schnorrt Zigaretten, sagt dann und wann einen unbedeutenden Satz (oder ereifert sich), fährt mal kurz mit dem Bus von A nach B, setzt sich dort an einen anderen Tisch in den Schatten, hört eine unbedeutende Geschichte …

Nachdem Roman mit seinem Fahrrad das Ende des Zoogeländes erreicht hat, führt sein Arbeitsweg ihn durch einen Park, in dem sich jahrzehntelang die Homosexuellen der Stadt getroffen hatten, um es, wie man behauptete, hinter Büschen und Baumstämmen miteinander zu treiben. Es war damals nicht angeraten, nachts dort zu flanieren. Zum einen waren Schlägertrupps unterwegs, die öffentlich verkündeten, sie würden jeden plattklatschen, der ihnen dort nach Sonnuntergang begegne, so lange, bis der Park schwuchtelfrei sei. Zum anderen lauerten Halbwüchsige im Gestrüpp, die nach Freiern Ausschau hielten und nicht zimperlich waren in ihrer Art, fremde Passanten anzusprechen.

Dieser Teil des Parks wird von einer achtspurigen Straße begrenzt, die Roman mit seinem Rad zu überqueren hat. Am Rand der Straße, die zwei Stadtteile miteinander verbindet und dementsprechend stark frequentiert ist, standen früher arbeitslose Mädchen und versuchten, als Prostituierte Geld zu verdienen. Roman hatte den Eindruck, ihre Geschäfte würden zu keiner Tageszeit jemals richtig gut laufen, und er murmelte vor sich hin: die Lage, die Lage, die Lage. Das hatte einmal ein Makler im Fernsehen auf die Frage geantwortet, welches in seinen Augen die drei wichtigsten Argumente seien für einen Immobilienkauf: erstens die Lage, zweitens die Lage und drittens die Lage. Wenn Roman die verregneten Mädchen an der achtspurigen Straße stehen sah, überlegte er oft, ob er ihnen diesen Tipp aus dem Immobilienmaklermilieu verraten solle.

Sowohl die Homosexuellen wie auch die Mädchen verkehren längst nicht mehr an diesem Ort. Manchmal hat Roman den Eindruck, das Interesse an geschlechtlichen Dingen habe ganz allgemein nachgelassen. Er wüsste nicht einmal mehr, wohin er sich wenden könnte, wenn ihn die Lust anspränge, irgendwelche Triebe auszuleben, von denen es heißt, sie würden den Menschen, insbesondere den Mann, sein Leben lang leiten und bestimmen. Auch wüsste er nichts zu antworten, wenn ein Tourist aus Kentucky ihn fragen sollte, wo in der Stadt denn das Laster zu finden sei.

Er hat den Verdacht, die Behauptung, Männer und Frauen suchten von morgens bis abends nach sexueller Befriedigung, sei möglicherweise nur eine Erfindung von Leuten gewesen, die damit lange Zeit gutes Geld verdienen konnten. Seitdem ihre Kunden sich vom Sex verabschiedet hatten und ihre Seligkeit auf anderen Gebieten suchten, verödeten die Orte, an denen es früher erotisch aufgeladen knisterte. Die Überzeugung scheint sich durchgesetzt zu haben, dass die Gymnastik, die Männer und Frauen zusammen mit anderen Männern, Frauen oder Tieren machen, nicht besonders phantasievoll oder gar originell, geschweige denn atemberaubend ästhetisch sei, dass Männer und Frauen mit ihren schweratmigen Verrenkungen bisweilen sogar fast ein bisschen lächerlich wirkten und man dann und wann befürchten müsste, Zeuge davon zu werden, wie sie sich in eine aussichtslose Lage hineinmanövrierten. Nur noch wenige mögen sich zu den strapaziösen Übungen, denen ein verklemmt feierlicher Beigeschmack angedichtet wird, überreden lassen. Der Verdacht kommt auf, dass der Beischlaf im Grunde genommen eine vor allem verschwitzte und hart erarbeitete Beschäftigung sei, bei der nach einer industriell festgesetzten Norm gestöhnt, gekeucht und geseufzt werde, eine Art Leistungssport wie Liegestütz oder Gewichtheben, ein Bewegungsprogramm mit ein paar ausgeliehenen Grundstellungen und wenigen Abweichungen, um die sich besonders Männer zu bemühen hätten, um als sogenannt gute Liebhaber durchzugehen. Jahrzehntelang wurde einem in der sogenannt ersten Welt auf Plakaten, in Büchern, auf Theaterbühnen, in Filmen und im Fernsehen eingebläut, man müsse in den Augen der anderen den Anschein erwecken, permanent sexuelle Gier zu empfinden und überall und jederzeit bereit zu sein, seinen Gelüsten nachzugeben und mit jedermann um die Wette koitieren zu wollen. Das wurde als ultimative Lebensintensität und Gipfel der Leidenschaftlichkeit gepriesen. Nachdem schließlich auch noch die Weltgesundheitsorganisation von der Chemieindustrie dazu gebracht worden war, mangelnde Kopulierlust als offizielle Krankheit auf ihre Liste zu setzen, eine Krankheit, die sowohl bei Frauen wie bei Männern mit extra dafür entwickelten Tabletten bekämpft und ausgerottet werden sollte, begannen die Menschen zu murren und sich vom Sexualakt abzuwenden. Inzwischen scheint man der Anbetung des Unterleibs überdrüssig zu sein und den Fokus der Glücksuche auf andere Bereiche gerichtet zu haben.

Romans Geliebte lebte gern. Sie konnte nicht erklären, warum, aber sie fand es schön, Luft ein- und auszuatmen, aufzustehen und sich hinzulegen, Dinge anzuschauen, die es zu sehen gab, Dinge zu riechen, die dufteten, Dinge zu hören, die Klänge von sich gaben. Was schlecht schmeckte oder schrill klang, empörte sie; es löste Zorn aus in ihr oder versetzte sie in schlechte Laune. Der Zorn und die schlechte Laune zogen jedoch rasch vorüber, wie Wolken im April.

Verzeihen konnte sie nicht und um Verzeihung bitten auch nicht. Sie fühlte sich immer im Recht. Vergessen hingegen fiel ihr leicht. Sie vergaß, was sie liebte, sie vergaß, was sie wusste, sie vergaß, dass sie recht hatte. Alles war für sie aus diesem Grund jeden Tag neu; sie nahm es zur Kenntnis, freute sich, wenn es gut war, ärgerte sich, wenn es schlecht war, und über Nacht vergaß sie es.

Jeden Morgen sagte er zu ihr, guten Tag, Liebling, du musst aufstehen. Sie blinzelte ihn aus einem Auge an und überlegte, ob er es wohl ernst meine mit dem Aufstehenmüssen und ob sie wirklich von ihm geliebt und er umgekehrt auch von ihr geliebt werde. Da er wusste, dass sie sich an nichts erinnern konnte, kam sie ihm besonders verlässlich vor. Sie standen jeden Morgen am Anfang einer Liebesgeschichte und scheuten vor großen Freuden zurück, weil sie nicht sicher waren, ob sie sie zusammen ertragen würden. Sie nahmen sich aber jeden Morgen neu vor, den Versuch zu wagen, glücklich zu sein. Da sie über Nacht vergaß, ob es ihnen am Vortag gelungen war oder nicht, versuchte sie es Tag für Tag mit aller Zuversicht von vorne.

Vor langer, langer Zeit, will sagen, gestern …
Vor langer, langer Zeit, also gestern, als der Boden noch frisch war und feucht – es ging der Wind drüber –, setzte er sich an seinen Schreibtisch und schrieb:

An B.,
sprich mit mir. Wie geht's? Machst Du Fortschritte? Was tust Du von morgens bis abends? Wann stehst Du auf, was isst Du, was trinkst Du, was rauchst Du, wann schläfst Du, wie geht es weiter mit dem Heilungsprozess, an welchen Fronten kämpfst Du, was liest Du, was hörst Du für Musik, kannst Du inzwischen wieder einigermaßen geradeaus gehen, drohst Du nicht mehr hinzufallen, telefonierst Du mit dem und jenem, magst Du Dich wieder auf der Straße zeigen, hast Du noch genug Geld, soll ich Dir etwas aus einem Feinkostgeschäft liefern lassen?

An die Tante in Amerika,
apropos »coffin«-Probleme (auf der letzten Karte schriebst Du, es gebe bei Euch Probleme mit all den coffins der zurückgeschickten Soldatenleichen, die in die vertrocknete Erde gebracht werden müssten): Ich war vor zwei Tagen in Hamburg und bin dort an einem Seemannsheim vorbeigekommen – ich weiß nicht genau, was es war, Seemannsgewerkschaftshaus, Hinterbliebenen-Werkstätten oder was weiß ich –, da stand in einem Schaufenster ein wunderschöner Sarg aus Kiefernholz, ganz einfach, weiß gebeizt, mit blassblauen Kanten, so schön, dass ich ihn am liebsten gleich gekauft und mitgenommen hätte, um dereinst darin beerdigt zu werden. Bis es so weit ist, könnte man ihn als Truhe und Sitzbank verwenden. Er war ausgesprochen

preiswert. Vielleicht war er von den Lehrlingen des Hauses als Meisterstück hergestellt worden? Oder ertrunkene Seeleute werden darin auf hoher See versenkt? Sehr schön. Ich werde versuchen, meine Freundin zu einem Erdmöbelbesichtigungswochenendausflug nach Hamburg zu überreden (das wird nicht ganz einfach; Erdmöbel interessieren sie nicht besonders; nur der Sarg, in dem damals der polnische Papst beerdigt wurde, hat auch sie begeistert; den kann man hierzulande bei allen Edelbestattern bestellen, sehr teuer, eine extrem minimalistische, Bescheidenheit vortäuschende Kiste in exklusivster Verarbeitung).

An seine Mutter,
zu den getrockneten Aprikosen: Früher wurden die immer geschwefelt, waren orangegelb und zäh. Vielleicht erinnerst Du Dich noch an die Studentenfuttermischung, die Du uns jeweils mitgegeben hast auf Schulreisen? Da waren Nüsse drin und getrocknete Birnen, elfenbeinfarbene Apfelringe von gummiartiger Konsistenz und eben auch Aprikosen. All diese getrockneten Früchte schmeckten abscheulich, scharf, sauer, chemisch ätzend. Inzwischen sind sie beim Trocknen sehr viel weiter. Die Aprikosen, die ich Dir geschickt habe, sind noch dazu »biologisch« getrocknet worden, das heißt ohne Chemie, nur Luft und Sonne, irgendwo in der Türkei wahrscheinlich. Auch Trockenpflaumen sind heutzutage sehr viel besser als früher

(wenn man die richtigen findet und bekommt – oft gibt es sie nicht). Und Feigen ebenfalls. Alle Trockenfrüchte sollen übrigens gut sein für die Verdauung, nicht nur Feigen. Soll ich Dir noch andere Sorten schicken?

Dann klebte er die Briefe zu, adressierte und frankierte sie, legte sie rechtsbündig an die obere Kante seines Schreibtischs, ging ins Badezimmer, setzte sich aufs Klo und blickte im Sitzen durch das kleine obere Fenster in den Himmel. Dabei fiel ihm ein japanisches Gedicht ein, das vom traurigen Anblick des blauen Himmels durch ein Toilettenfenster handelt, und der Hals schnürte sich ihm zusammen, so dass er kaum noch Luft kriegte.

Bevor Roman zur achtspurigen Straße gelangt, hat er einen Kanal zu überqueren. Die eine Hälfte des Wassers wird durch eine Schleuse geleitet, das übrige Wasser fließt durch einen kleinen Nebenarm zu einem Stauwehr, wo es etwa einen Meter tief fällt, unter einem Brückchen durchfließt und sich nach etwa fünfzig Metern wieder mit dem Wasser vereinigt, das seinen Weg durch die Schleuse genommen hat.

Gestern wollte eine Entenfamilie einen Ausflug kanalaufwärts machen und endete vor dem Wasserfall unterm Wehr. Die Entenmutter zeigte ihren Jungen, wie man so ein Hindernis überwindet. Sie schwamm demonstrativ auf die spiegelglatte Wasserwand zu, beschleunigte ihr Tempo, breitete die Flügel aus, begann mit ihnen zu schlagen, hob sich aus dem Wasser, rannte mit den Füßen ein paar Schritte auf der Oberfläche weiter, stieß sich ab, flatterte in die Höhe und landete knapp hinter der Walze des Wehrs oben wieder im Wasser, so dass die Kinder auch diesen Teil des Manövers mit den Augen verfolgen konnten. Dort schwamm sie hin und her und schnatterte auf die Kinder ein. Am Ufer stand der Entenvater und schnatterte ebenfalls. Bei ihm klang das Geschnatter theoretischer; die Kinder, es waren neun, waren mehr auf die Mutter fixiert. Sie schwammen ihren Anleitungen gemäß zielstrebig auf den schmutzig grauen Schaumwulst zu, der sich am Fuß der Wasserwand bildete, vergaßen jedoch, die Flügel zu spreizen und mit ihnen zu schlagen. Kurz bevor sie unters fallende Wasser gerieten, drehten sie ab und ließen sich unter die Brücke zurücktreiben, auf der Roman stand. Die Mutter flog zu ihnen herab und führte den Ablauf ein zweites Mal akribisch genau vor, dann ein drittes Mal, ein viertes Mal. Beim fünften Mal verschätzte sie sich, flog ein paar Zentimeter zu kurz, landete direkt auf der Walze, rutschte aus und wurde nach unten geschwemmt, verschwand einen Augenblick hinter dem Wasserfall, tauchte aber sofort, als sei nichts passiert, darunter wieder hervor, machte eine rasche Kurve, nahm erneut Anlauf und zeigte den Kindern ein weiteres Mal, wie's geht.

Jetzt kam eine Ratte geschwommen, die ebenfalls

kanalaufwärts unterwegs war. Sie sah, dass für sie im Wasser kein Weiterkommen war, weswegen sie an Land krabbeln wollte. Doch das Wehr war vor zwei Monaten erst renoviert worden. Die Uferwände waren frisch zementiert und gingen links und rechts glatt verputzt senkrecht in die Höhe. Die Ratte schwamm eine Weile auf der Stelle und schaute das schäumende Wasser vor sich an. Parallel zu ihr paddelten die jungen Enten immer wieder hintereinander Richtung Schaum, drehten kurz davor ab und ließen sich zurücktreiben. Plötzlich drehte auch die Ratte ab, schwamm quer zur Strömung und näherte sich bedrohlich der Gruppe der jungen Enten. Roman hoffte, nun einem Drama beiwohnen zu dürfen, das er später würde erzählen können. Doch die Jungenten sprengten auseinander, ohne von ihrer Mutter oder ihrem Vater, die von oben zusahen, auch nur gewarnt werden zu müssen. Die Ratte schwamm mitten durch ihre Schar hindurch und schien sie überhaupt nicht wahrzunehmen. Ihr ging's im Moment offenbar allein ums eigene Überleben. Langsam schwanden ihre Kräfte; ihre Bewegungen wurden schwerfällig. Sie schwamm die Uferwände Zentimeter für Zentimeter ab. Endlich fand sie eine betonierte Nische, in die ein Stahlhaken eingelassen war. Die Nische lag knapp über dem Wasserspiegel. Mit einem kräftigen Ruck wuchtete sich die Ratte dort hinauf, blieb erschöpft liegen und verschnaufte.

Roman fuhr enttäuscht weiter.

An der Tür zum Hof, von dem das Treppenhaus zu seinem Büro abgeht, hing seit fünf Tagen ein Zettel, auf dem stand: Tür geschlossen halten. Ratten im Hof. Zwei Tage später hing ein roter Vordruck am Fallrohr der Regentraufe: Vorsicht, giftige Köder für Mäuse und Ratten ausgelegt. Gestern lag da, wo er sein Fahrrad immer abstellt, eine tote Ratte, und er stand ratlos vor ihr, weil er nicht wusste, wo er denn nun sein Rad abstellen sollte. Schließlich lehnte er es an die Wand, packte die Ratte am Schwanz, trug sie zur Mülltonne und schmiss sie dort hinein. Sie kam ihm viel zu leicht vor für ihre Größe. Irgendwo hatte er gelesen, Rattengift löse eine sturzbachartige Entwässerung des Organismus aus, weswegen diejenigen, die es schluckten, innerlich umgehend austrocknen und sich deswegen so schnell sie könnten Richtung Kanalisation davon machen würden, um sich dort mit Abwasser vollzusaufen. Doch auf dem Weg dorthin würden sie verdursten und sich auf diese Weise gleich auch noch selbst entsorgen, indem sie ihre eigenen Kadaver dem Abwasser überantworten und von diesem weggeschwemmt würden. Die Ratte hatte es offenbar nicht mehr bis in die Kanalisation geschafft. Sie wirkte mumifiziert, obwohl sie noch nicht einmal vierundzwanzig Stunden da liegen konnte. Die Leichtigkeit des Körpers war gespenstisch. Roman stellte sein Rad an den nun wieder freigewordenen Platz, ging die Treppe hoch und bereitete, kaum in seinem Büro angekommen, eine Mail vor, die er B. am nächsten Morgen senden wollte und in der er ihn ermahnte, sich unbedingt immer genug Flüssigkeit zuzuführen, um nicht aus Versehen zu dehydrieren, ins Koma zu fallen und zu sterben.

Nachdem er die Mail in groben Zügen entworfen hatte, drehte er den Kopf Richtung Fenster und entdeckte dort einen dunklen Fleck. In der Annahme, es handle sich um Vogelkot oder ein Insekt, das gegen die Scheibe geflogen, sich das Genick gebrochen und kleben geblieben sei, erhob er sich und ging hin, um den Fleck wegzuwischen. Es war aber kein Fleck, sondern wieder die Spinne, die sich angewöhnt hatte, ihr Netz draußen vor seinem Fenster aufzuspannen. Er verstand nicht, warum sie das ausgerechnet an dieser Stelle tat, wo doch der Fluginsektenverkehr hier eindeutig wenig stark ausgeprägt war und kaum etwas Essbares gefangen werden konnte. Jeden Morgen, wenn er ankam, fiel sein Blick seit einigen Tagen zuerst auf den dunklen Fleck mitten im Fenster. In der Meinung, es sei Schmutz, den er wegputzen müsse, trat er jedes Mal an die Scheibe und sah dann, dass es die Spinne war, die draußen in ihrem Netz hing und auf Beute lauerte. Aus Angst, auf andere einen toten Eindruck zu erwecken und wie Dornröschen in seinem Büro von Spinnweben überzogen zu werden, duldete er nicht, dass vor seinem Fenster quer über die ganze Breite so ein Netz gespannt war. In einer unteren oder oberen Ecke davon hätte es ihm nichts ausgemacht, aber nicht quer übers ganze Fenster. *Die Spinne webt seit langem schon an den Vorhängen in seinem Salon*, ging ihm durch den Kopf. Eine aus dem Türkischen übersetzte Zeile, die er gelesen hatte und die ihn, ohne dass er verstand warum, an den Tod erinnerte, der sich nähert.

Jedes Mal wenn er das Fenster öffnete, um das Netz zu entfernen, spürte die Spinne den Lufthauch, der beim Fensteröffnen entsteht, und begann in rasendem Tempo zu wippen. Der Effekt war hypnotisierend und erschreckend zugleich. Roman fürchtete jedes Mal, sie habe vor, ihr Netz als Trampolin zu benutzen und ihm umgehend ins Gesicht zu springen, doch nach ein, zwei Sekunden dieses irrwitzig schnellen Wippens stürzte sie sich jeweils in den Abgrund, drei Etagen tief. Roman zerstörte ihr Netz, das sehr schön geknüpft war und jeden Morgen ganz neu und jungfräulich rein wirkte; kein einziges noch so kleines Insekt hatte sich jemals darin verfangen. Am nächsten Morgen war der Fleck wieder da, er trat wieder ans Fenster, es war wieder die Spinne, die in ihrem wunderschön gesponnenen riesigen Netz saß und, kaum öffnete er das Fenster, in ungeheurer Empörung zu wippen begann, so als bebe sie vor Wut und schreie ihm mit sich überschlagender winziger Spinnenstimme entgegen, unterstehen Sie sich, dieses Netz anzurühren!

Im Treppenhaus war ihm zuvor der Nachbar begegnet, der eine Etage tiefer in der gegenüberliegenden Wohnung lebte. Blass und teigig wie immer deutete er mit seinem Zeigefinger auf Romans Brust und fragte, sagen Sie mal, Ihre Mutter ist doch Deutsche? Bestimmt war sie bei den Nazis. Ich warne Sie.

Roman kannte den Mann seit Jahren. Bei jeder Begegnung deutete er mit seinem Finger auf Romans Brust und sagte etwas in dieser Art. Darf ich Ihnen eine Frage stellen? Ihre Mutter war doch Schweizerin, und Ihr Vater ein hoher SS-Offizier, der in der Schweiz untergetaucht ist, deswegen leben Sie heute wieder hier?

Roman wurde inzwischen schon wütend, wenn er ihn nur sah. Von Mal zu Mal wünschte er sich dringlicher, etwas Schlagendes erwidern zu können, etwas, das diesem Unsinn ein für alle Mal ein Ende setzen würde. Einmal entfuhr ihm, sie beide seien wahrscheinlich Halbbrüder; die Nazis hätten, wie allgemein bekannt sei, europaweit Männer ausgeschickt, um Frauen in Nachbarländern zu schwängern; bei seiner Ahnenforschung habe er im eidgenössischen Nationalarchiv einen Hinweis entdeckt, der vermuten lasse, dass der Vater des Nachbarn in der Schweiz seine, Romans, Mutter vergewaltigt habe.

Der Nachbar nahm nicht auf, was Roman sagte. Einem Gerücht zufolge war er vor ein paar Jahren von einem Auto angefahren worden und litt seither unter einer schizophrenen Störung. Er fühlte sich verfolgt und verdächtigte jedermann irgendwelcher dunklen Machenschaften. Einmal soll Romans Mutter eine KZ-Aufseherin gewesen sein, dann wieder soll Romans Schwester als ehemalige Stasiinformantin im Gefängnis sitzen, von wo aus sie den Nachbarn heute noch ausspioniere und denunziere. Bezüge zur Schweiz stellte er her, weil er aus Romans Akzent herauszuhören meinte, dass der von dort stamme. Max Frisch habe seinen Verleger betrogen und auf dessen Kosten gelebt. Roman gibt zu bedenken, dass doch immerhin recht viele Bücher von Max Frisch verkauft worden seien und der Verleger aller Wahrscheinlichkeit nach seine Investitionen bis auf den letzten Cent zurückerhalten habe. Ja, aber Frisch habe den Verleger moralisch betrogen, indem er extra schlechte Bücher wie zum Beispiel *Homo faber* geschrieben habe, das der Verleger, ohne sich viel dabei zu denken oder sich gar dafür zu schämen, zigtausendmal verkauft habe, obwohl Frisch das Buch politisch auf gar keinen Fall habe vertreten können.

Seit Jahren wiederholen sich derartige Wortwechsel. Meistens gelingt es den beiden allerdings, aneinander vorbeizuleben. Wenn beide gleichzeitig ihre Türen zum Treppenhaus öffnen, bleibt Roman reglos stehen und wartet, bis der Nachbar, der eine Etage tiefer losgeht, unten angekommen ist und das Haus verlassen hat. Nur manchmal will es das Pech, dass sie sich draußen auf der Straße begegnen oder dann, wenn der eine das Haus genau in dem Moment verlässt, in dem der andere zurückkehrt und es betritt. Der Nachbar deutet dann unweigerlich mit seinem Zeigefinger auf Romans Brust und ruft: Eine Frage …

Vor einer Woche prallten sie beinahe ineinander, als Roman aus der Wäscherei auf die Straße trat. Er lässt seine Sachen grundsätzlich chemisch reinigen. Sie sind inzwischen vollgesaugt von Chemikalien. Wenn er schwitzt, vermag der Stoff die Feuchtigkeit nicht mehr aufzunehmen und beginnt fremdartig zu riechen. Die Hosen knittern in der feuchten Wärme; die Falten bleiben.

Die Frau in der Reinigung hat schlechte Zähne. Sie ist mager. Wahrscheinlich verdient sie nicht genug Geld, um sich davon gesund ernähren zu können. Sie hält ihn für einen Herrn, weil er seine Sachen reinigen lässt. Sie senkt den Blick, wenn er eintritt. Auf ihrem Gesicht bilden sich rote Flecken. Er ist um einiges älter als sie. Vielleicht gefällt sie ihm oder könnte ihm gefallen. Er bringt seine Sachen gern zu ihr.

Als er diesmal ohne ein Kleidungsstück eintrat, erblasste sie und fürchtete, er wolle sich beschweren über die letzte Lieferung. Sie fragte, ob etwas nicht in Ordnung gewesen sei, ob er Mängel zu beanstanden habe.

Mängel?! Was für Mängel?, fragte er streng. Mängel würde ich übersehen. Sie müssen mir schon melden, wenn etwas nicht in Ordnung ist. Sonst laufe ich eines Tages noch in etwas rum, das vielleicht einen Fleck hat an einer ungünstigen Stelle, einen Fleck, von dem ich nichts weiß. Das würde keinen guten Eindruck hinterlassen, und Sie wären dann schuld daran.

Sie sagte, nein, nein, ihrer Überzeugung nach sei alles in Ordnung gewesen mit der letzten Lieferung, sie habe nur befürchtet, er werde eine Beanstandung vorbringen, weil er mit leeren Händen eingetreten sei und nicht mit einer frisch zu reinigenden Hose oder einem zu reinigenden Hemd.

Er sagte, er wolle eine Hose abholen, keine bringen.

Ach so, das wusste ich nicht, sagte sie, dass Sie noch etwas bei uns hängen haben. Das hat dann wohl meine Kollegin entgegengenommen?

Ja, so wird es gewesen sein. Sie sollten nicht so viel Angst haben vor dem Leben. Sie sind eine schöne junge Frau, die es verdient, an der Sonne zu gehen und geliebt zu werden. Ihre Zähne kann ein guter Techniker richten. Seien Sie nicht so verzagt. Geben Sie mir Ihre Hand, damit ich sie schütteln und Ihnen danken kann für die Hose. – Sie sollten vielleicht einmal eines dieser Nagelstudios aufsuchen? Das würde Ihren Fingern bestimmt Glanz verleihen. Ich zum Beispiel will mir angewöhnen, regelmäßig zur Fußpflege zu gehen.

Ach, Sie lassen sich Ihre Füße pflegen?

Ja, weil die Schuhe dann weniger wehtun. Ein Freund hat mir das Versprechen abgenommen, von nun an bis ans Ende meiner Tage die Füße pflegen zu lassen. Es geht ihm nicht mehr gut. Er glaubt, bald sterben zu müssen, und meint, die wenigen wesentlichen Dinge, die er in seinem Leben entdeckt habe, möglichst rasch noch an mich weitergeben zu müssen. Dass man sich die Füße pflegen lassen soll, gehört zu seinen letzten Erkenntnissen.

Sich die Füße pflegen lassen, das können nur Leute mit viel Geld.

Mein Freund würde Sie empört stehenlassen und keines weiteren Wortes für würdig erachten, wenn Sie ihm gegenüber im Zusammenhang mit Fußpflege auf so etwas Schnödes wie Geld zu sprechen kämen. Er hasst das Wort Geld. Auch ich mag es nicht. Erwähnen Sie es in meiner Gegenwart bitte nie mehr. Zusammen mit dem Rat, meine Füße pflegen zu lassen, schickte er mir übrigens ein Gedicht. Er lebt in einer fast ebenso dunklen, fast ebenso kalten Stadt wie Sie und ich. Wenn die Abende hereinbrechen, tut er sich jeweils schwer damit und fängt dann an zu dichten: Das Ührchen tickt, die Augen sehnen sich nach Licht. / Statt der erhofften Klarheit – dunkles Grau. / Der Lauschende erahnt mehr, als er hört, / dass vor dem Fenster Vögel fliegen. / Der eine grübelt und der andere summt. / So sucht sich jeder seinen Weg im Nebel / der Fragen und weiß es wohl, die Antwort fehlt, / und wundert sich, dass er bisweilen trotzdem lacht.

Sind Sie sicher, dass das ein Gedicht ist? Mir kommt es nicht so vor. Vielleicht hat er Ihnen einen Bären aufgebunden?

Das kann gut sein. Ich verstehe nichts von Gedichten. Ich dachte, es sei eins, und lernte es ihm zuliebe auswendig. Danke für die Hose. Schön ist sie geworden, eine Pracht; ein wahres Gedicht.

Mit der Befürchtung, sich unmöglich benommen zu haben, verließ er hastig die Wäscherei und prallte dabei, wie erwähnt, beinahe in seinen Nachbarn, der gerade an der Ladentür vorüberging. Nach dem ersten Schreck deutete der mit seinem Zeigefinger auf Romans Brust und fragte, Ihr Spitzname ist nicht zufällig Zorn, Wut oder Wucht?

Nachdem im Fernsehen die Kissenmord-Mode aufgekommen war – eine Zeitlang drückten Frauen ihren schlafenden Männern und Männer ihren schlafenden Frauen jeden Mittwochabend im Spielfilm der Woche aus Mitleid Kissen auf die Gesichter und erstickten sie auf diese Weise –, kaufte Roman in einem Chinaladen ein Kissen und brachte es seiner Mutter an einem *Tag des Tages* als Geschenk mit.

Er hatte sich wie erwähnt angewöhnt, sie jeweils zur Begrüßung des neuen Jahres, am Dreikönigstag, zu besuchen, dann wieder am Karfreitag, am Muttertag, an ihrem Geburtstag, am Totensonntag und eben am *Tag des Tages*, der seit einigen Jahren nach dem

Tag der Milch und vor dem *Tag der langen Schatten* gefeiert wurde.

Die Mutter freute sich über das chinesische Kissen. Es war ein schönes Exemplar mit einem Bezug aus glänzender dunkelgrüner Seide. Als sie jung war, pflegten Frauen Kissenbezüge, Kochschürzen und Serviettentaschen zu besticken und zu verschenken. Auch sie hatte gestickt. Ein paar der Bezüge waren ihr von damals geblieben, da der Kissenverbrauch auch früher nicht viel größer war als heute. Die bestickten Stoffe waren mit den Jahren fleckig geworden und da und dort zerschlissen. Die Kissen selbst waren alt und platt gelegen; sie rochen nicht mehr gut.

Sie fragte ihn wie bei jedem Besuch zur Begrüßung, ob es nun endlich so weit sei. Er suchte wie jedes Mal nach Ausflüchten, wand sich vor ihren Augen und knetete das Kissen in seinen heißen Händen. Sie schaute ihm dabei zu, sah, wie die dunkelgrüne Seide Falten bekam, hob dann die Augen, schaute ihm erschöpft ins Gesicht, traurig auch, vielleicht sogar ein wenig enttäuscht, fast verächtlich, bat ihn, ihr ins Bett zu helfen, drehte sich zur Wand und sprach nicht mehr mit ihm. Am folgenden Morgen öffnete sie die Augen nicht, als er zu ihr ins Zimmer trat. Sie aß nichts mehr, trank nur noch dann und wann einen kleinen Schluck Wasser.

Und plötzlich ging alles schnell und leicht. Als ob sie die richtige Tür gefunden, geöffnet und durchschritten hätte. Sie lag nur noch da, döste mit geschlossenen Augen vor sich hin, schien manchmal an etwas Heiteres zu denken (lächelte kurz in sich hinein), manchmal an etwas Finsteres (guckte kurz angespannt in sich hinein) und hörte nach ein paar Tagen eines Morgens einfach auf zu atmen. Als ob sie als Mutter ihrem Sohn noch habe zeigen wollen, dass er sich vor dem Tod nicht zu fürchten brauche, dass Sterben keine große Hexerei sei, dass es nicht notwendigerweise mit Qualen und Schrecken verbunden sein müsse.

Eine Woche danach wurde sie im Dorf beerdigt, in dem er zur Schule gegangen war. Mit seinen beiden Brüdern zusammen löste er ihre Wohnung auf und erledigte die Formalitäten, die es zu erledigen galt. Dann putzte er die Wohnung, stellte das Küchenfenster auf Kippe und gab die Schlüssel ab. Es war ein leuchtend schöner Tag. Als er die Stadt, in der sie zuletzt gelebt hatte, und die in der Ferne glitzernden Schneeberge beim Abreisen am Zugfenster vorüberziehen und hinter sich kleiner werden sah, dachte er, was für eine schöne Welt.

In Berlin kam er mit einem Bild unterm Arm an, einer vor etwa hundert Jahren mit Pastellstiften gemalten Blume. Sie wurde von einem massiven Goldrahmen und einer Glasscheibe vor dem Verwelken geschützt. Viel mehr hatte er vom verwaisten Hausrat seiner Mutter nicht mitgenommen. Noch eine silberne Suppenkelle. Die Blume hängte er bei sich an die Wand, wo sie ihn seither irritiert; er mochte keine Veränderungen in seiner unmittelbaren Umgebung. Was für eine Sorte von Blume es war, wusste er nicht. Seiner Meinung nach hatte er in seinem Leben noch nie so eine gesehen. Etwas wie ein bleicher Klatschmohn, ein Wintermohn vielleicht.

Von nun an würde er wohl – ja, was? Von nun an würde er wohl derselbe sein wie vorher, dachte er; es geht der Wind drüber.

Was ihn am meisten überrascht hatte, war, wie wenig Trauer er empfand. Es war fast nur Erleichterung, die ihn ausfüllte. Es fiel ihm geradezu schwer, die Beileidsbekundungen der Dorfbevölkerung ernst und nachdenklich entgegenzunehmen. Er dachte nur immer, wie schön, sie hat es geschafft. Wobei er insgeheim davon überzeugt war, sie umgebracht zu haben, ohne aber deswegen auch nur eine Sekunde schlechter zu schlafen. In den Stunden, bevor sie die Schwelle zum Sterben überschritt, hatte er die Geduld verloren und war mit dem zerknüllten Kissen in den Händen grob und rücksichtslos geworden; er sagte, wenn du sterben willst, dann stirb. Das verschlug ihr die Sprache. Er hatte den Eindruck, in dem Moment habe sie realisiert, wie schwach sie inzwischen geworden war und dass sie ein solches Benehmen nicht mehr parieren konnte. Also entschloss sie sich zu sterben, so wie Kinder, die manchmal davon träumen zu sterben, um damit ihre Eltern zu bestrafen. Da er wusste, wie sehr sie sich gewünscht hatte, einschlafen zu können und nicht mehr aufwachen zu müssen, meinte er, seine Grobheit sei hilfreich und also verzeihlich gewesen; sie habe ihr den nötigen Schock versetzt, der sie dazu brachte, die Tür zum Tod aufzustoßen und sein Wartezimmer zu betreten. Ohne diese Erschütterung hätte sie möglicherweise noch monate- oder gar jahrelang auf der Schwelle gezögert. Nun hatte sie den Schritt hinüber gemacht, hatte losgelassen und vermocht, sanft und leicht zu verlöschen, ohne sich von irgendwem noch ein weiteres Mal dazu verführen zu lassen, zurückzublicken und zu prüfen, ob sich diesseits nicht vielleicht doch noch etwas lohnen könnte.

Romans ehemaliges Elternhaus stand in einem großen Garten. Daneben, in einem ähnlich großen Garten, stand das Haus des Nachbarn. Der lebte nach wie vor dort, zusammen mit seiner Frau. Sie war inzwischen über neunzig Jahre alt und bettlägerig, er etwas jünger und gesundheitlich noch gut beieinander, ein ehemaliger Major der Milizarmee. Zehn Tage bevor die Mutter starb habe er sich im Morgenmantel vor Romans ehemaliges Elternhaus gestellt, seine alte Offizierspistole aus der Tasche gezogen und sich zweimal in die Brust geschossen. Als ob er Romans Mutter insgeheim habe vormachen wollen, wie man das anstellt, wenn man es mit dem Sterbenwollen ernst meint.

Wobei das nicht das Motiv gewesen sein konnte, denn der Kontakt zwischen den ehemaligen Nachbarn war längst abgebrochen; Romans Mutter wohnte seit Jahrzehnten nicht mehr in diesem Haus; sie war in die Stadt gezogen.

Der Nachbar hatte die beiden Schusswunden schwer verletzt überlebt und lag in einer Klinik. Der Dorfpfarrer riet Roman, ihm eine Todesanzeige zu schicken. Man müsse solchen Menschen das Gefühl vermitteln, trotz ihrer verwerflichen Tat nicht aus der Gemeinschaft ausgeschlossen worden zu sein. Es tue dem Nachbarn bestimmt gut, sich in der Gemeinde weiterhin aufgehoben zu fühlen.

Zur Abdankungsfeier war sein Jugendfreund, der Neurologe, gekommen. Er hatte es zu Wohlstand gebracht und besaß eine Motorjacht. Da auch über ihn und diese Jacht längst alles gesagt worden ist, was Roman dazu hätte einfallen können, soll hier nur von einer Nebensache berichtet werden, die vielleicht nicht jedermann bekannt ist:

Blesshühner haben die Angewohnheit, auf verankerten Booten ihre Nester zu bauen. So auch auf dem Heck der Jacht des Jugendfreundes. Als er den Vögeln im ersten Frühling habe klarmachen wollen, dass sie das bitte unterlassen möchten, seien sie wie Furien auf ihn losgegangen, mit ausgebreiteten Flügeln wild um sich schlagend, schreiend, den spitzen weißen Schnabel vorgereckt. Angsteinflößend. Er habe sich nicht mehr in ihre Nähe getraut. Ein paar Tage später habe er sich in der Morgendämmerung vorsichtig über den Bug an Bord geschlichen, habe die Leinen losgemacht, sei rückwärts ins Hafenbecken getuckert und dann mit Vollgas losgefahren, so dass das Nest mit den Blesshühnern und den Eiern vom Heck hinten runter ins Wasser gerutscht sei.

Wenig später habe er in einer Boulevardzeitung gelesen, dass der Schlagersänger Udo Jürgens, der damals noch lebte, ebenfalls eine Jacht besitze – natürlich eine größere als Romans Jugendfreund –, und dass er diese Jacht eine ganze Saison lang unberührt habe vor Anker liegen lassen, weil auf ihr Blesshühner genistet und gebrütet hätten und weil er sie dabei nicht habe stören wollen. Der Tierfreund Udo Jürgens! habe auf dem Titelblatt in großen Lettern gestanden, und er, Romans Jugendfreund, habe ein furchtbar schlechtes Gewissen bekommen. Im Frühling darauf hätten die Blesshühner wieder auf seinem Heck ein Nest gebaut, und er habe sich wohl oder übel in die Rolle des Tierfreundes gefügt und seine Jacht so lange unberührt liegen lassen, bis die Jungvögel ausgebrütet und flügge gewesen seien. Doch Blesshühner würden nicht nur einmal im Jahr brüten. Kaum seien die Jungvögel so weit gewesen, das Nest zu verlassen, sei es schon wieder losgegangen. Da habe er die Vogelwarte angerufen und dem Mitarbeiter sein Leid geklagt. Der habe erst vorwurfsvoll gefragt, ob er nichts Besseres zu tun habe, als mit einer Jacht auf dem See herumzufahren? Widerwillig sei schließlich ein Mann gekommen, Arme und Beine mit wattierten Bandagen geschützt wie ein Fechter, auf dem Kopf einen Motorradhelm. Blesshühner seien ausgesprochen aggressiv und könnten ernsthafte Wunden zufügen.

Vierzehn Tage nach der Abdankungsfeier erhielt Roman eine schwarz umrandete Beileidskarte von der Tante aus Amerika. Darauf stand: Lieber Roman, Du warst bestimmt mit dem Herz Deiner Mutter verbunden. Mehr kann ich nicht schreiben, weil die Tränen kollern mir herunter, und Blödsinn ist genügend auf dieser Welt.

Er ließ die Karte sinken, hob die Augen und schaute Wolkenfetzen zu, die hinter einer Krähe herjagten.

Über Wolken hatte er nie viel nachgedacht. Sie waren groß und weiß und zogen da oben hin, ohne dass er sie sah. Er war daran gewöhnt, zu Boden zu blicken. Früher hatte er dort manchmal Dinge gefunden, Geld, ein Taschenmesser, eine silberne Krawattennadel. Er glaubte eine Zeitlang sogar, eine gewisse Begabung zu haben im Finden verlorener Gegenstände. Doch das hatte sich mit den Jahren gegeben; seine Augen sind schlechter geworden. Er muss sich heute bücken, um ein rundes Ding, das er für eine Münze hält, als Kronkorken zu erkennen. Trotzdem ist es ihm an einem Sonntagmorgen passiert, dass er eine Geldnote am Boden fand. Er war im Begriff, die Zeitung im benachbarten Hotel zu holen. (Da es kaum noch jemanden gibt, der Zeitungen kauft, bleiben die Kioske in seiner Nachbarschaft am Sonntagmorgen seit einiger Zeit geschlossen. Die Ausgabe der Sonntagszeitung, die zwar noch gedruckt wird, ist frühmorgens aus diesem Grund kaum noch käuflich zu erwerben. Roman hat sich deswegen angewöhnt, ins benachbarte Hotel zu gehen, mit raschen, entschlossenen Schritten den Frühstücksraum zu betreten, dort vom ausliegenden Zeitungsstapel ein Exemplar zu nehmen, auf dem Absatz kehrtzumachen und das Hotel wieder zu verlassen. Die häufig wechselnden Rezeptionisten nehmen ihn kaum wahr, weil er so selbstverständlich an ihnen vorüberwischt. Wahrscheinlich sagt ihnen ihr Unterbewusstsein sogar, er sei Gast, da sie sein Gesicht irgendwie schon einmal gesehen zu haben meinen, was sogar stimmt, nämlich eben an einem der vorangegangenen Sonntage. Außerdem tritt er entschieden auf, wie jemand, der das Recht da zu sein auf seiner Seite weiß.) An jenem Sonntagmorgen lag, als er aus dem Haus trat, in dem er wohnte, vor dem Portal auf der Straße eine Banknote. Wahrscheinlich war sie einem Mitbewohner aus der Tasche gerutscht, als er spätnachts heimkehrte und den Schlüssel hervorholte. Die Straße war sonntagmorgendlich still und menschenleer. Roman steckte die Note ein und freute sich über den geglückten Start in den Tag. Auf die Note war von Hand in winzigen Buchstaben geschrieben: Einen Drittel?! Niemals. Ich will mindestens einen Viertel!

Von B. war nach langem wieder einmal eine Mail angekommen:
Is es Dir möglich einen Tischgrill + Holzkohlen + anzünder zu besorgen und mir schickn? Und Klebeband. Bitte. kohlenmonoxid sei eine sichere Angelegenheit und sanft. Man schlafe einfach ein. Keine Schmerzen. Es sei so leicht, dass man in China holzkokohlengrille verboten und durch elektrogrille ersetzt habe. Auf keinen fall darfst du kommen. es ist gefährlich für diejenigen, die einen auffinden. fünfzig bis hundert gramm holzkohlen pro kubikmeter Luft sei reichlich. Schick also bitte einen Sack a fünf kilo. Das sollte reichen und würde für dich gleich mit genügen. Wenn du willst. Ich muss jedoch tür und schlüsselloch etc. abkleben. Also vorher entscheiden. Ich hatte ein gutes leben, finde ich. quälen muss nicht sein

Um zum Café zu gelangen, in dem er seine Mittagspause macht, muss er eine Straße überqueren, die nach einer nahe gelegenen Kleinstadt benannt ist, in der eine Bekannte lebt, der er seit längerem wieder einmal schreiben sollte. Sie war verheiratet gewesen mit einem Maler, der auf dem Kunstmarkt eine Zeitlang hoch gehandelt, dann aber, im Zusammenhang mit einer politischen Umwälzung, plötzlich fallengelassen und als nichtswürdig eingestuft worden war.

Stoffelmeier besaß ein Bild von diesem Maler. Er hatte es gekauft, als dessen Karriere gerade zu starten begann. Der Wert des Bildes verdoppelte sich innerhalb kürzester Zeit, dann noch einmal und noch einmal. Stoffelmeier verfolgte die Preisentwicklung nicht länger und dachte, er habe sein Geld gut angelegt und könne, wenn er alt sei und von der – in seinem Fall bescheidenen – Rente leben müsse, auf das Bild zurückgreifen und es verkaufen. Als der Moment gekommen war, Stoffelmeiers Geld knapp wurde und er sich bei einem renommierten Kunsthändler nach dem Schätzwert des Bildes erkundigte, winkte der ab und riet ihm, zu einem Kollegen zu gehen, der sich mit dem Verkauf solch fragwürdiger Objekte über Wasser halte; auf dem seriösen Kunstmarkt habe dieser Maler nichts mehr verloren. Ob Stoffelmeier das Bild schlussendlich mit Gewinn hatte verkaufen können oder nicht, weiß Roman nicht, da ihr Kontakt vorher abgebrochen war.

Die Bekannte lebt heute noch in dem Haus, das sie zusammen mit dem Maler erworben und bezogen hatte, als der noch eine große Zukunft vor sich leuchten sah. Im Alter, als es ihm finanziell schon nicht mehr gutging, wurde er von einem Hirnschlag ereilt und war danach auf einen Rollstuhl angewiesen. Nach zwei, drei Jahren starb er.

Roman fuhr zur Trauerfeier in die Kleinstadt und sah beim anschließenden Empfang im ehemaligen Badezimmer des Malers zum ersten Mal in seinem Leben eine Wanne mit einer Tür und mit einer Bank darin, eine Art Trog mit Sitzgelegenheit. Man konnte die Tür öffnen wie bei einem Cabriolet und, ohne die Beine heben zu müssen, einsteigen, die Tür hinter sich schließen und dann das heiße Wasser einlaufen lassen, das einem, da der Trog relativ hoch war, bis mindestens zu den Brustwarzen reichte. Manchmal träumt Roman seither von so einer Wanne.

Am Abend, nachdem alle gegangen waren, fragte die Bekannte ihn nach seiner Schuhgröße. Er nannte sie, worauf die Bekannte anfing zu strahlen, weil es exakt dieselbe war wie die ihres verstorbenen Mannes. Sie fragte Roman, ob er ein Paar lammfellgefütterter Stiefel haben möchte. Sie seien neuwertig, da dem Mann die Beine kurz nach deren Kauf versagt hätten und er seitdem nur noch im Rollstuhl gesessen und keine Stiefel mehr getragen habe. Roman freute sich über das Angebot und nahm es dankend an. In Berlin sind die Winter lang, dunkel, nass und matschig. Jedermann kann dort froh sein über lammfellgefütterte Stiefel. Roman trägt sie bereits mehrere Saisons und freut sich jedes Mal über seine trockenen, warmen Füße. Nie hätte er sich selbst solche Stiefel gekauft, da er der Überzeugung war, in einer Großstadt brauche ein Mann keine Stiefel; das sei etwas für Landjunker. Inzwischen hat er eingesehen, dass die russischen Grafen in Filmen, die in Sankt Petersburg oder Moskau spielen, durchaus moderne, vernünftige Großstädter sein können, auch wenn sie oft überdimensionierte Fellstiefel, Mäntel mit Fellkragen und Fellhandschuhe tragen. Roman nahm sich vor, von nun an im Winter immer lammfellgefütterte Stiefel zu tragen, mindestens, solange er es sich leisten kann.

Ein Mensch verbraucht in seinem Leben nicht allzu viele Schuhe. Seine sind alle mindestens schon zehn Jahre alt und trotzdem noch wie neu. Im letzten Herbst hat er ein Paar, das ihm zu klein geworden war, bei der Stadtmission abgegeben, weil er dachte, Obdachlose würden bestimmt auch gern mal rahmengenähte Lederschuhe tragen und nicht immer nur ausgelatschte, zerlöcherte Schlappen. Inzwischen ist er anderer Meinung. Rahmengenähte Halbschuhe geben zwar Halt und Sicherheit im Alltag, aber gerade Halt und Sicherheit ist ja das, worauf Obdachlose bewusst verzichten. Der Luxus, den sie sich leisten, ist, sich jederzeit und überall gehen- und die Zügel der Selbstdisziplin schleifen lassen zu können. Keiner wird freiwillig solch korsettartige Schuhe auswählen, zumal er darin wahrscheinlich nur Pech hätte. Seine Schicksalsgefährten würden ihn misstrauisch mustern, und die Passanten auf der Straße würden ihm keine Almosen geben, da ein Mann in so guten Schuhen ja wohl kaum auf Almosen angewiesen sein konnte.

Früher schaute Roman sich in Geschäften oft Schuhe an, Mäntel, Hemden, Unterhosen, Socken. Manchmal kaufte er etwas. Je älter er wurde, desto mehr realisierte er, wie wenig Kleidung der Mensch braucht. Auch Nahrung nahm er weniger und weniger zu sich. Er mochte sich in den Schaufenstern keine Schuhe mehr anschauen, weil er genug im Schrank hatte. Seinen Mantel, der ihm nicht gefiel, trug er nun schon seit sechs Jahren, und er war noch wie neu. Er wird ihn weitere Jahre tragen. Die Mantelhersteller müssen andere Kunden finden, die ihnen ihre Produkte abkaufen. Er fing an, Kleider wegzugeben, weil er erkannte, dass er nicht in der Lage sein würde, sie vor seinem Ableben aufzutragen. Er hätte gern wieder einmal ein Paar neuer Schuhe gekauft, weil ihn alle, die er besaß, schmerzten. Aber alle waren in bestem Zustand. Alle hatte er gekauft, weil ihn die anderen plagten. Auch neue werden ihn plagen, das wusste er. Es lag an seinen Füßen. Er besaß zu viele Schuhe.

An die Bekannte in der nahe gelegenen Kleinstadt, was für eine schöne Idee, mich – obwohl ich mich so lange nicht mehr gemeldet habe – zu einer gemeinsamen Wanderung durch die Mecklenburgische Seenplatte einzuladen. Doch tun mir in letzter Zeit die Füße weh, von Tag zu Tag mehr. Ich fürchtete schon, bald könne ich überhaupt nicht mehr gehen, bald müsse ich mir orthopädische, dehnbare Schlappen kaufen oder vorne an meinen Schuhen die Kappen wegschneiden. Es wurde zunehmend beunruhigend. Nur in den Stiefeln von Dir meine ich nach wie vor, einigermaßen beschwerdefrei gehen zu können. Vielleicht könnte ich in ihnen sogar an Deiner Seite bestehen und es bis in die Schorfheide schaffen. Bin aber nicht sicher, wie lange das Glück anhalten würde. Es fällt mir schwer, mir vorzustellen, nicht mehr gehen zu können. Dabei habe ich mir das langsame Gehen erst gerade mühselig angewöhnt, wähle inzwischen sogar meistens automatisch den kürzesten Weg von A nach B, nehme Tram und Busse selbst für nur eine Station, weil ich von einem Zwicken im Knie dazu erzogen worden bin. Doch dass ich inzwischen meiner Füße wegen am liebsten überall ein Taxi nähme, das stimmt mich nachdenklich und lässt mich nachts wach liegen; ich fürchte, wenn man nicht mehr gehen kann, macht das Leben keine Freude mehr?

Vor ein paar Tagen habe ich mir sogar einen zu den Stiefeln passenden Mantel gekauft. Leider ist er mir viel zu groß. Am Abend vorher, als ich ihn anprobierte, fand ich ihn passend, hatte aber kein Geld dabei und ließ ihn zurückhängen. Am Tag danach fand ich ihn nicht mehr passend, schämte mich aber vor der Verkäuferin, zu sagen, er sei mir zu groß (denn das hätte ich ja am Abend vorher schon feststellen können). Sie hätte bestimmt gedacht, ich sei bloß zu geizig, um ihn zu kaufen. Das wollte ich mir nicht unterstellen lassen, also kaufte ich ihn. Und muss nun die nächsten Saisons in einem viel zu großen Mantel überwintern. Weiterverkaufen kann ich ihn nicht. Der Secondhandmarkt liegt danieder.

Lassen wir das also lieber mit der Wanderung. Wie sähe das aus: ein humpelnder Mann in zu großem Mantel an Deiner Seite. Die Mecklenburger würden uns hinterherstarren wie die italienischen Bauern dem Lord Berners. (Lord Berners war ein exzentrischer englischer Komponist, der sich, das habe ich in einem Buch gelesen, in den Fond seines Rolls-Royce ein Cembalo hat einbauen lassen. Dann habe er sich – als er in Rom lebte – von seinem Chauffeur durch die ländliche Campagna Romana fahren lassen. Dazu habe er eine afrikanische Maske aufgesetzt und auf seinem Cembalo im Fond des Wagens Musik von Pergolesi, Bach, Couperin oder Rameau gespielt, vor allem deren sehr schnelle Stücke. Sie seien durch friedliche Dörfer gefahren, in denen noch niemals zuvor ein Auto gesehen worden war, geschweige denn eins mit einem Cembalo im Fond, das von einem Mann mit einer afrikanischen Maske irre schnell gespielt wurde. Die Dorfbewohner hätten sich bekreuzigt und seien nachdenklich in ihre Häuser zurückgegangen. Das Cembalo sei speziell so konstruiert worden, dass es hinten in seinen Wagen hineingepasst habe.)

Im Café muss sich der Gast vor eine Theke stellen und der Bedienung sagen, was er wünscht. Über ihrem Kopf hängt an der Wand eine schwarze Tafel, auf der die Auswahl der Getränke zu lesen ist. Auf der obersten Zeile steht: *Cafe Latte Klein, Mittel, Groß.* Roman bestellte vom ersten Tag an einen kleinen Cafe Latte. Jedesmal schaut er die Bedienung kurz an, sagt guten Tag, ich hätte gern – dann hebt er den Kopf und gibt vor, mit den Augen die Liste mit der Getränkeauswahl zu überfliegen und die Zeile mit dem Cafe Latte zu erblicken – so einen kleinen Milchkaffee. Dann setzt er sich hin und wartet, bis ihm der Kaffee gebracht wird. Die Bedienung malt mit der heißen weißen Milch jeweils ein Herz in den braunen Schaum, das er jedes Mal kurz respektvoll betrachtet. Dann nimmt er den ersten Schluck und versucht, das Herz dabei nicht zu verletzen.

Seit einigen Monaten kommt er sich zunehmend lächerlich vor, wenn er seinen Kopf in den Nacken schnellen und mit den Augen die Cafe-Latte-Zeile überfliegen lässt, da ja alle längst wissen, was er bestellen wird, und da er weiß, was dort oben steht und dass es sich seit dem letzten Mal nicht geändert haben wird.

Einmal nahm er sich vor, der Bedienung gerade ins Gesicht zu blicken und so etwas zu sagen wie: das Übliche, oder: einen kleinen Cafe Latte wie immer, oder etwas Drittes. Es gelang ihm nicht. Er stellte sich hin, der Kopf kippte nach hinten, er deutete mit dem Finger aus der Hüfte nach oben, auf die schwarze Tafel, und sagte, so einen kleinen Milchkaffee. Bald traut er sich nicht mehr, dort hinzugehen, weil man nach so langer Zeit etwas anderes sagen sollte als guten Tag, so einen kleinen Milchkaffee, und dann nichts mehr bis zum Zahlvorgang, der ebenfalls längst mechanisch abläuft. Er stellt sich dafür vor die Theke, die Bedienung fragt, Sie möchten zahlen? Er sagt, ja bitte. Sie murmelt den Preis, den er auswendig kennt, er legt in der Regel einen Fünfeuroschein hin, bekommt das Rückgeld, legt davon zwanzig Cent in eine Trinkgeldschale, die links auf der Theke steht, sagt, danke schön, auf Wiedersehen. Manchmal überlegt er sich, etwas anderes zu sagen oder etwas Zusätzliches, aber er weiß nicht, was. Einmal fand er das Herz im Milchschaum besonders schön gelungen und wollte das erwähnen, doch empfand er es als anzüglich.

Die Bedienung wechselt oft. Mal ist es der Besitzer, der die Herzen gleichbleibend gut hinkriegt, mal ist es seine Frau, die etwas weniger geschickt ist, dafür umso aufmerksamer und sorgfältiger beim Hinstellen des Glases, mal ist es eine Angestellte, deren Herzen in der Regel verschwindend klein ausfallen, aber akkurat, mal ist es eine Hilfskraft, ein junger Mann, der nur dann und wann arbeitet und dessen Herzen eher aussehen wie die Blätter eines Ginkgobaums oder wie Pflaumen.

Ein anderes Mal – er hielt seine Berechenbarkeit

nicht länger aus und gab sich einen Ruck – bestellte er einen Chai Latte. Der Besitzer lachte und sagte, aha, heute mal Lust auf Abenteuer? Was für einen? Roman fragte verdattert, wie, was für einen? Der Besitzer zählte verschiedene Geschmacksrichtungen auf, die Roman zum Teil nicht verstand, zum Teil auf der Stelle vergaß. Als ihn der Besitzer fragend anschaute, sagte er, den ersten, bitte. Der Besitzer wiederholte bestätigend einen Namen. Roman nickte und setzte sich mit einem im Gesicht festgefrorenen Lächeln hin, so als ob es erheiternd sei, auf einen Chai Latte zu warten. Das Getränk wurde serviert und schmeckte ihm nicht. Beim Bezahlen fragte der Besitzer, und, hat's geschmeckt? Doch, ja, sagte Roman, danke schön, auf Wiedersehen, einen schönen Tag noch.

Den Kopf heftig über sich schüttelnd, verließ er das Café und murmelte einen Satz vor sich hin, von dem er annahm, er habe ihn eben in der Lokalzeitung gelesen. Wenn er sich aufregte, fielen ihm manchmal plötzlich Zeilen ein, deren Herkunft er nicht kannte. Er redete sich dann ein, er habe sie wohl eben gerade gelesen. Du / der du suchst / im Abendlicht / das Glück. Du / der du suchst / im Abendlicht / das Glück … Er prallte beinahe in die alte Frau mit den Einkaufstüten. Sie begegnete ihm oft auf seinem Weg zum oder vom Café. Manchmal kam sie ihm entgegen, manchmal überholte er sie. Als er sie zum ersten Mal wahrnahm, ging sie vor ihm her, und er fand den

Anblick mitleiderregend. Er wollte zu ihr hineilen und ihr beim Tragen der Tüten helfen, doch verbot er sich das im letzten Moment, weil er fürchtete, sie würde es mit der Angst zu tun bekommen, wenn ein fremder Mann plötzlich von hinten an sie heranträte und ihr anböte, die Einkaufstaschen zu tragen. Sie ging mit winzigen Schritten vor ihm her, jeder nur halb so lang wie die Länge eines ihrer kleinen Füße. Einen halben Fuß vor den anderen schiebend, bewegte sie sich vorwärts, die Augen auf den Boden geheftet, konzentriert und besorgt. Eine ausgemergelte, kleine Greisin. Die Tüten, die sie trug, machten einen schweren Eindruck. Roman wollte ein guter Mensch sein und ihr eine Freude machen. Doch die Leute in dieser Gegend haben Angst, überfallen und ausgeraubt zu werden. Er ging also mit zügigen Schritten an ihr vorbei und tut das seither immer wieder. Meistens überholt er sie auf halbem Weg ins Café. Nachdem er bezahlt hat und zurückkehrt, ist sie manchmal genau auf der Höhe des Cafés angelangt oder ein paar Meter weiter. In letzter Zeit denkt er, ihre Art einzukaufen sei für sie wahrscheinlich befriedigend; die Greisin fülle damit mindestens die Hälfte ihrer Tage und gebe ihnen so Sinn und Struktur.

Auf dem Rückweg, nach seiner Mittagspause, studiert er regelmäßig die ausgehängte Speisekarte des ottomanischen Restaurants, dessen Eingang direkt neben dem des Cafés liegt. Manchmal werden dort Hochzeiten gefeiert. Das Gesicht der Braut, die aus dem Auto ins Restaurant geführt wird, ist jeweils von einem blutroten Tuch verhüllt.

Ein paar Meter weiter schmeißt er das Lokalblatt, das er im Café jeden Mittag liest, in den Mülleimer, der an der Stange fixiert ist, an der oben das Straßenschild mit dem Namen der nahe gelegenen Kleinstadt hängt, der ihn jedes Mal siedend heiß an die Bekannte erinnert, die dort wohnt und bei der er sich wieder einmal melden sollte.

Dann fällt sein Blick auf die Pflanzen, die auf der Grünfläche vor der Stadtbücherei an dieser Straßenecke wachsen. Die Anwohner haben vom Bezirk die Erlaubnis erhalten, die Fläche nach ihren eigenen Vorstellungen zu gestalten. Zum Teil gedeihen da Blumen, die Roman – wie die in Pastell gemalte bei sich zu Hause an der Wand – noch nie in seinem Leben gesehen hat.

Nachdem seine Mutter beerdigt war, fuhren Roman und seine Geliebte für zwei Tage an die Ostsee. Der Himmel hing tief und war grau. Es regnete. Sie waren die einzigen Gäste im Hotel. Der Mann an der Rezeption bat sie um Verständnis dafür, dass das Frühstücksbuffet nicht für sie allein aufgebaut werden könne. Sie sollen dem Fräulein vom Morgendienst bitte einfach sagen, was sie wünschten; das Fräulein bringe es ihnen dann an den Tisch.

Am nächsten Morgen setzten sie sich also in den Frühstücksraum und fragten die Frau, die an ihren Tisch trat, ob es ihr etwas ausmachen würde, die Musik ein wenig leiser zu stellen, da sie die einzigen Gäste seien und lieber keine hören möchten. Die Frau atmete erleichtert auf, verschwand – und es wurde still. Als sie nach kurzem mit einem vorbereiteten Tablett wiederkam, sagte sie, ihr dröhne am Abend immer der Kopf von dem Gedudel. Sie habe zu Hause längst keinen Plattenspieler mehr. Es gehe nicht darum, welche Art von Musik laufe, egal ob sogenannt gute oder schlechte, die dauernde Berieselung mache sie ganz nervös und dünnhäutig.

Auf dem Tablett stand eine Chromstahlplatte mit verschiedenartigen Brötchen, Brot-, Wurst- und Käsescheiben drauf, daneben Schwarzwälder-Schinken-Tranchen, Konfitürenschälchen, Butterkugeln, Melonen-, Kiwi- und Ananasscheiben, eine kleine Schüssel mit rohem Hackfleisch und Zwiebeln, eine andere mit Eiersalat, eine dritte mit Bananenjoghurt, ein Büschel Petersilie, zwei Gläser Orangensaft, in Essig eingelegter Hering und zwei Stück Schokoladenkuchen. Die Platte war am Vorabend zurechtgemacht und in den Kühlschrank gestellt worden. Der Käse schmeckte nach Melone, die Melone nach Hering und die Butter nach beidem zusammen; sie zerbröckelte auf den kalten Brötchen. Dazu gab es eine große Kanne mit warmem Kaffee.

Roman und seine Geliebte saßen in dem sehr hohen Frühstücksraum und flüsterten miteinander, während der Regen von draußen an die Fensterscheiben tröpfelte und mitflüsterte und im Hintergrund die Frau irgendwelche Sachen von da nach dort räumte, was die beiden mit der Zeit so sehr irritierte, dass sie verstummten.

Bald brachen sie auf, liehen sich an der Rezeption zwei Schirme und gingen auf dem nassen Sand Richtung Westen, dann wieder zurück. Das Meer lag matt in seinem Bett.

Im Städtchen, an dessen Rand das Hotel stand, gab es nicht viel zu sehen. In den Schaufenstern von zwei Boutiquen lagen sonderbare Objekte, die an mondäne Badeorte aus Technicolorfilmen erinnerten. Staub lag darauf. An den Scheiben hingen verblichene orangefarbene Schilder, auf die grün das Wort Liquidation gedruckt war.

Die wenigen Geschäfte, die offen hatten, verkauften ihre Sachen zu heruntergesetzten Preisen. Das größte war eine Filiale von *Mäc Geiz*, einer Ladenkette, die sich auf Ware aus Geschäftsauflösungen spezialisiert hatte; man konnte dort fast alles finden, durfte jedoch nichts suchen; mal gab es Schokolade in Großpackungen zu einem Spottpreis, mal hundert Rollen Klopapier zum Preis von zehn, mal Hummercremesuppendosen, bei deren Kauf man einen Stecksatz für einen künstlichen Weihnachtsbaum dazugeschenkt bekam, mal Gymnastikkeulen aus Plastik.

Roman fiel eine Maxirolle *Tesa Pack braun* ins Auge, die laut Werbung zehnmal so viel Paketklebeband enthielt wie eine normale Rolle. Sie war die letzte im Angebot und kostete weniger als ein Radiergummi, der neben ihr lag. Er kaufte die Rolle, schickte sie an B. und schrieb ihm dazu eine Karte.

An B.,
herzliche Grüße von der Ostsee, wo mir dieses Klebeband in die Augen sprang. So günstig bekommen wir das nie wieder. Die Rolle reicht, um Deine gesamte Wohnung luftdicht abkleben zu können. Es ist ein Markenprodukt, kein Mist, wie man ihn neuerdings überall angedreht bekommt, wenn man nach klassischem Paketklebeband verlangt.

Wenn das Café, das er in der Mittagspause aufzusuchen pflegt, geschlossen hat – was dann und wann passiert, da die Betreiber jung sind und den existentiellen Ernst von Öffnungszeiten noch nicht erfahren mussten, ebenso wenig wie der zeitungsverkaufende Ägypter, der auch keine Vorstellung davon hat, wie wenig strapazierbar die Geduld seiner Kunden ist, die am liebsten alles in ihrem Leben bis ans Ende immer gleich haben möchten, selbst wenn es schlecht war und ärgerlich, ungleich viel ärgerlicher war es für sie, eine Gewohnheit aufgeben und ihren Trott ändern zu müssen – ... wenn das Café geschlossen hat, muss Roman beinahe doppelt so weit gehen, um zum Ersatzcafé zu kommen. Der Weg führt am Supermarkt vorbei, in dem die Greisin mit den kleinen Schritten ihre Einkäufe tätigt. Neben dessen Eingangstür sitzt tagaus, tagein ein Obdachloser mit einer Büchse neben sich auf dem Boden. Meistens schläft er oder gibt vor zu schlafen. Er sitzt in sich zusammengesunken da, den Blick nach unten gerichtet. Wenn man eine Münze in die Blechbüchse fallen lässt, erzeugt das ein unangenehm klapperndes Geräusch, das ihn – wie man befürchtet – aufwecken würde, weswegen man es lieber unterlässt, ihm eine Münze zu geben. Wenn er das Gesicht doch einmal hebt und die Passanten anschaut, erschrecken sie und gucken sich verstohlen um auf der Suche nach einem Fernsehteam, das die Szene filmt. Seine grauen Bartstoppeln, die weit aufgerissenen Augen und die eingefallenen Wangen erwecken zusammen mit seinem verlotterten Äußeren den Eindruck, als stellte er eine heruntergekommene Elendsfigur in einer Fernsehvorabendserie dar.

Das letzte Mal, als Roman das Ersatzcafé aufsuchen musste, machte er auf dem Weg einen Abstecher in den Supermarkt und schaute dort in der Freizeitabteilung, ob es Holzkohle, Anzünder und Grills gab und was sie kosteten. Zu seiner Überraschung wog Holzkohle sehr wenig und nahm relativ viel Raum ein. Ein Sack enthielt zweieinhalb Kilo und war so groß wie einer mit Katzenstreu. Tischgrills waren günstig zu bekommen, doch viel zu klein, um fünf Kilo Kohlen darin zum Glühen zu bringen. Er schrieb B., es wären vier bis fünf Einweggrills erforderlich, wenn er tatsächlich fünf Kilo Holzkohle auf einmal anzünden wolle. Diese Einweggrills seien im Prinzip das Wahre für sein Vorhaben – es stehe explizit auf der Verpackung, man dürfe sie nicht in geschlossenen Räumen verwenden –, doch dürfe man sie außerdem auch nicht auf brennbaren Untergrund stellen. Er würde sie ihm daher nicht empfehlen, weil sonst aus Versehen die Wohnung in Brand gerate und die Feuerwehr anrücke und ihn rette. Er schlage das teurere Modell vor, einen verchromten Rundgrill namens Venezuela, der mit einsteckbaren Beinchen verkauft würde. Der sei größer. Er schätze, drei Stück davon würden genügen. Ob er sie ihm schicken solle?

An den Jugendfreund, der Neurologe geworden war, es zu Wohlstand gebracht hatte und eine Motorjacht besaß,

wie schön, dass Du zur Beerdigung meiner Mutter gekommen bist! Und was für eine Freude erst, jetzt diesen Brief von Dir zu erhalten. Vielen Dank. Du beschreibst darin Deine anhaltende Müdigkeit, die Dich fast um den Verstand bringt, weil Du sie Dir nicht erklären kannst, die Du dann, um Dich nicht verrückt zu machen, als »vielleicht eine Frühjahresmüdigkeit« bezeichnest. »Am Abend nicht mehr ausgehen zu müssen, ins Bett sinken zu dürfen ist oft der befriedigendste Moment des Tages«, schreibst Du. Wie hell ich auflachen konnte bei diesem Geständnis, weil ich es genau gleich erlebe, ebenfalls schon seit Wochen, ja seit Monaten. Auch ich denke, na ja, das wird wohl der Frühling sein, und ahne gleichzeitig, dass nicht er es ist, der mich unten hält, sondern wahrscheinlich das Leben allgemein, das jeden irgendwann in die Knie zwingt, zumal er ja längst vorüber ist, der Frühling; es ist Sommer geworden, Herbst, Winter.

Von mir weiß ich nichts zu berichten. Wollte ich versuchen, etwas aufzuschreiben, schliefe ich darüber ein. Alles kommt mir müßig vor, was mir durch den Kopf geht. Mir scheint, es gebe andere Dinge, die ich stattdessen tun sollte. Ich fahre in mein Büro, verbringe da meine Zeit damit, Briefe wie diesen hier zu schreiben, und gehe mittags einen Kaffee trinken. Das Quartier, in dem ich meine Tage verbringe, war lange Zeit eine cafélose Brache. Seit einigen Jahren ziehen jedoch auch hier Leute her, solche, die dort, wo sie gern hinziehen würden, keine Wohnungen finden. Ein junges Paar, ich nehme an, sie studieren, hat ein Ladenlokal gemietet und ein Café eröffnet, um sich damit ihr Leben zu finanzieren. Der Name des Cafés ist von Hand an die Scheibe gepinselt: Thea & Coffee. Ich war lange irritiert davon und fand, irgendetwas stimme nicht. Endlich merkte ich, dass das -h falsch ist (ich schaute extra im englischen Wörterbuch nach dafür) und wollte es den beiden großzügig mitteilen. Doch kurz bevor ich den Mund aufmachte, kam mir in den Sinn, dass Studenten heutzutage alle sehr viel besser Englisch können als ich und dass das bestimmt irgendein Witz sein oder einen Hintersinn haben müsse. Dann fiel mir ein, dass die Frau wahrscheinlich ganz einfach Thea heißt. Seither schaue ich sie jeweils verschwörerisch an, wenn ich meinen Kaffee bestelle, und denke, ich weiß, wie du heißt. Sie versteht meinen verschwörerischen Blick nicht und denkt sich bestimmt, dieser ältere Kunde sei ein wenig, na ja, eigenartig.

Als sie das Café eröffneten, war sie schwanger. Ich war anfangs oft der einzige Gast. Inzwischen ist es recht gut besucht. Sie hat einen Sohn bekommen. Der ist bereits etwa neunzig Zentimeter hoch und kann reden und rumrennen.

Ich bin froh, wenn jeweils der Abend naht und ich nach Hause fahren darf, wo meine Freundin lebt und auch froh ist, dass es Abend geworden ist und wir wieder zusammentreffen, ohne dass einem von beiden allzu viel Unheil widerfahren ist. Du kennst sie. Du kennst mich. Leute unseres Schlags mag man nicht sonderlich. Wir sind zu harmlos.

Jetzt ist der Moment gekommen: Ich tüte den Brief ein, frankiere ihn, lege ihn zu den Sachen, die ich mit nach Hause nehme, um dort Deine Postleitzahl, an die ich mich nicht mehr erinnern kann, auf der Adresse zu ergänzen, packe die Aktentasche und schließe mein

Büro für heute. Draußen scheint die Sonne, pardon, der Mond, Filmfestspiele finden statt oder Internationale Theatertage oder etwas mit Ballett, Jahrhundertbücher werden veröffentlicht, Präsidenten gewählt, ein paar Tausende umgebracht, und bald schon wird Deutschland wieder zu einem Fußballspiel antreten müssen, gegen einen gefährlichen Gegner, was uns alle in tiefes Grübeln versetzt.

An B.,
hast Du meine Postsachen zugestellt bekommen?

Liest Du meine Mails noch?

Bitte das Entsprechende ankreuzen:

– Ja

– Nein

Danke.

Weil Roman kein Geld mehr zusammenbekam für einen neuen Film, hatte er sich in den Kopf gesetzt, das, was er ausdrücken wollte, in Form eines Theaterstücks zu präsentieren. In einer Oper hatte er den Satz *Milch des Mondes fiel aufs Kraut* singen gehört und fand, so müsse sein Stück heißen.

Er schrieb es und verschickte Kopien davon an verschiedene Theater. Mit einer Verachtung, die er vorher so noch nie jemandem gegenüber empfunden hatte, nahm er jedoch zur Kenntnis, dass Intendanten, Dramaturgen und Regisseure kein Interesse an Stücken hatten. Das einzige Bestreben sämtlicher Leute am staatlich subventionierten Theater war, Modeströmungen rechtzeitig wahrzunehmen und sich von ihnen mittreiben zu lassen; mitzuheulen, wenn die Mehrheit heulte; das Theater zu verleugnen, wenn die Mehrheit es verleugnete, ja sogar es in voreiligem Gehorsam abzuschaffen, wenn sie rochen, dass die Mehrheit für Abschaffung war.

Roman wollte deshalb – nachdem sich seine Scham über das Misslingen des letzten Films verzogen hatte – den Perser fragen, ob er bereit wäre, mit ihm zusammen einen Theaterabend zu erarbeiten, der außerhalb des in Abwicklung begriffenen Systems stattfinden würde. Er habe ein Stück geschrieben, in dessen Hauptrolle er ihn gern sähe, und er habe keine Lust, seine Zeit mit den Totengräbern und Gruftwärtern des real existierenden Theaters zu verplempern; er möchte etwas hier und heute zum Leben erwecken.

Die männliche Hauptrolle, um die es im Stück gehe, solle Herzog heißen. Er gebe zu, das sei vielleicht ein bisschen plump; alle Welt kenne schließlich den Namen des ehemaligen deutschen Bundespräsidenten Roman Herzog, der weit herumgekommen sei und bekannt wie ein bunter Hund. Man werde ihm, Roman, möglicherweise unterstellen, er wolle insgeheim von sich selbst reden und solle den Helden dementsprechend gefälligst auch gleich Roman nennen und selber spielen. Doch vertrete er die Überzeugung,

Theater müsse eine Etage höher stattfinden als das reale Leben, Bühnenpersonen sollten gewissermaßen gesiezt werden, auf Kothurnen gehen, deswegen wolle er auf gar keinen Fall selbst ins Rampenlicht treten und die Figur Herzog mit seinem eigenen Duft markieren, sondern den Perser an seiner statt vorschicken, der ganz anders aussehe und etwas vollkommen anderes ausstrahle als er.

Nachdem er sich das vorgenommen hatte, fuhr er nach Hause und sagte zu seiner Geliebten: Wir sind beide alt geworden. Die Jungen haben keine Freude daran, uns zu sehen oder mit uns Umgang zu pflegen. Wir riechen nicht gut in ihren Nasen, und unsere Haut und unsere Haare wirken in ihren Augen stumpf. Sie werden uns, falls wir in einer dunklen Ecke stolpern und hinfallen sollten, lieber liegen lassen als auf die Beine zurückstellen. Wir haben keine Reichtümer angehäuft, die uns ermöglichen, uns Freiräume zu erkaufen. Es wird enger um uns herum. Diejenigen, die uns für erträglich halten oder sich an uns gewöhnt haben, werden weniger. Die Zusammenballung von Urteilchen, aus denen wir laut Lukrez bestehen, beginnt sich aufzulösen; wir wachsen nicht mehr, sondern schrumpfen und zerfallen. Wie ich von dir weiß, hältst du das für den natürlichen Lauf der Zeit, klagst nicht darüber und harrst gelassen der Dinge, die auf dich zukommen. Du denkst nicht daran, gewaltsam in die Speichen der Ewigkeit zu greifen, die man sich als ein niemals ruhendes, sich Richtung Unendlichkeit drehendes Rad vorzustellen hat. Wobei die Ewigkeit selbstverständlich keine Speichen hat, das ist auch mir bekannt. Ich wollte mit dieser Sprachfigur bloß daran erinnern, dass du, soweit ich weiß, der Idee, den Lauf der Zeit aufzuhalten, indem man ihre Räder abbremst oder mit Gewalt blockiert, nie viel abgewinnen konntest. Wobei die Zeit zugegebenermaßen keine Räder hat, es aber doch erlaubt sein sollte, im Zusammenhang mit ihr an Zahnrädchen in Uhren zu denken, die ich mit dir gern zum Stehen bringen möchte.

Es ist mir, wie eingangs erwähnt, nicht gelungen, einen Platz in der Gesellschaft zu erobern, auf dem ich sitzen und meinem Ende getrost entgegensehen kann. Wenn man das Leben als eine Reise nach Jerusalem betrachtet, was es natürlich ebenso wenig ist, wie die Ewigkeit Speichen hat, aber schließlich gibt es die merkwürdigsten Vorstellungen von unserem Dasein – ein Grieche zum Beispiel war der Überzeugung, der Mensch gehe aus Feuer hervor, Heraklit hieß er, eine höchst sonderbare Vorstellung, die er zu beweisen versucht hatte, ohne Erfolg naturgemäß, weswegen sein Name jedoch trotzdem bis heute bekannt ist und genannt wird –, also könnte man mit Sicherheit auch die Überzeugung vertreten, unser Leben gleiche einer Reise nach Jerusalem und einige unter uns würden zu ihrem Pech halt schon nach den ersten zwei, drei Runden keinen Stuhl mehr erwischen, um sich daraufsetzen und dem Ende entgegensehen zu können, andere schafften es hingegen immer wieder, einen zu erobern, auf dem sie sich kurz ausruhen können, um in der nächsten Runde erneut loszurennen und darum zu kämpfen, es ein weiteres Mal auf einen zu schaffen, keiner wird natürlich jünger mit den Jahren, alle werden langsamer, und irgendwann wird auch der Zäheste ausscheiden. Wir beide schieden früh aus und haben heute, mit unseren schabenden Gelenken, keine Möglichkeit mehr, noch einmal einzusteigen ins Spiel und einen Gnadenstuhl für uns zu erjagen.

Weil ich das erkannt habe und akzeptiere, verlegte ich mich gedanklich auf alternative Möglichkeiten und kam zu dem Schluss, dass wir zu denjenigen gehören, die sich holen müssen, was ihnen fehlt und was man ihnen freiwillig nicht zugesteht: Geld. Ich habe viele Erzählungen gelesen, die von Banküberfällen handelten, und viele Beispiele im Kino vorgeführt bekommen. Ich bin überzeugt davon, heute in der Lage zu sein, einen gelungenen, um nicht zu sagen todsicheren Coup zu landen. Mit dem dabei erbeuteten Geld werde ich ein Theaterprojekt finanzieren, das so viele Tantiemen abwerfen wird, dass wir zusammen einen gesicherten Lebensabend verbringen können.

Was den Coup betrifft: In einer meiner ästhetischen Theorien habe ich früher einmal ausgeführt und den

Beweis erbracht, dass der Mensch in unseren Breitengraden am wenigsten zu erkennen ist, wenn er sich nackt zeigt. Da wir an diesen Anblick heute nicht mehr gewöhnt sind, verwirrt er uns im städtischen Raum zutiefst und löst eine Art Starre aus. Niemand wird sich daran erinnern können, wie ein Mann ausgesehen hat, der nackt in eine Bank gerannt kam, einen Schuss in die Decke abfeuerte und mit französischem Akzent brüllte: Dies ist ein Banküberfall. Diesen einfachen Plan habe ich vor in die Tat umzusetzen.

Warum mit französischem Akzent?

An den wird sich jeder erinnern können. Das gehört zum Plan. Es führt zusätzlich in die Irre. Ein nackter Franzose …

Kein Mensch wird dich verstehen. Französisch klingt den Einheimischen hier zu fremd in den Ohren. Außerdem wäre ein Schuss in die Decke laut. Die Leute auf der Straße würden ihn hören und die Polizei rufen.

Dann drohe ich halt nur mit französischem Akzent, in die Decke zu schießen. Oder, noch besser, gleich ins Bein der Kassiererin.

Dein französischer Akzent ist unglaubwürdig. Jeder hört sofort, dass er angenommen ist. Selbst eine türkische Angestellte, die in zweiter Generation in Berlin lebt und nur als Aushilfe in der Bank arbeitet, würde das hören und zu Protokoll geben: Es war einer von hier, der vorgab, Franzose zu sein.

Dann sage ich eben gar nichts, schreibe es nur auf einen Zettel, mit grammatischen und orthographischen Fehlern, damit niemand merkt, dass es sich bei mir um einen Akademiker handelt.

Du bist kein Akademiker.

Aber ich wirke wie einer, wenn ich eine Bank überfalle.

Nackt? Warum glaubst du, nackt wie ein Akademiker auszuschauen? Und wie willst du überhaupt nackt in die Bank gelangen? Schon auf dem Weg dorthin würdest du größte Aufmerksamkeit erregen. Die Leute würden dir nachblicken, einige sogar hinter dir hergehen und in die Bank hinein, um zu sehen, was das werden soll.

Ich ziehe einen Mantel an. Darunter verberge ich den Zettel mit dem Text und die Pistole. Und eine Plastiktüte. In der Bank werde ich den Mantel fallen lassen und den Zettel mit dem Text über den Tresen schieben, nebst Tüte, in die sie das Geld stecken sollen. Sobald ich's habe, ziehe ich den Mantel wieder an und komme raus mit der gefüllten Tüte. Du wirst in einem Auto mit laufendem Motor vor der Tür auf mich warten. Du siehst, an alles ist gedacht.

Wir besitzen kein Auto. Und ich kann nicht fahren.

Kein Bankräuber fährt im eigenen Auto vor. Ich werde eins unter falschem Namen mieten. Und das Fahren bringe ich dir bei. In einem amerikanischen Film habe ich gesehen, wie ein Vater seinem zehnjährigen Sohn das Autofahren beigebracht hat, damit der als Fluchthelfer jeweils im richtigen Moment vorfahren und sich mit dem Vater aus dem Staub machen konnte. Das wird uns beiden ja wohl auch noch gelingen.

Ich glaube nicht an so einen Überfall. Und nun fang bitte nicht damit an, mir einen deiner überspannten Vorträge zu halten. Dein ganzer Plan hinkt.

Pläne können nicht hinken. Das nebenbei. Alles, was deinen täglichen Trott sprengt, wirkt, wie ich wieder einmal konstatieren muss, auf dich erschreckend und unheimlich. Bitteschön, dann lassen wir's halt bleiben. Schade ... Das Grau des Himmels ist manchmal von erschlagender Größe. Wenn dann noch Krähen darin herumfliegen und schreien, am Abend, und feiner Regen sinkt hernieder, dann bin ich froh, am Leben zu sein.

Oder er erzählte seiner Geliebten, sie brauche sich nicht länger zu sorgen: Wenn alles nicht mehr auszuhalten ist, kenne ich den Weg, unsere gemeinsamen Leiden zu beenden. Ich besitze eine Beretta mit Munition und kann uns beide, dich zuerst, dann mich, erlösen.

Sie sagte, das zu wissen erleichtere sie in keiner Weise. Sie lasse sich von ihm auf gar keinen Fall erschießen. Das sei ein unerhörter Blödsinn, den er da rede. Konsterniert schwieg er und nahm ein Buch zur Hand, in dem er zu lesen versuchte.

Dann war es so weit. Seine Geliebte und er machten sich bereit, um dem Perser zuhören und zuschauen zu gehen, wie er aus den Memoiren eines ehemals erfolgreichen Regisseurs vorlas, der in früheren Jahren oft mit dem Perser zusammengearbeitet, ihn bei Proben gequält und gegängelt, ihn zu darstellerischen Kühnheiten verführt hatte, zu Schamlosigkeiten auch, die er, der Regisseur, sich niemals getraut hätte selbst auszuprobieren oder gar auszuleben. Als die Kräfte des Regisseurs zu schwinden begannen und er sich nicht mehr einlassen mochte auf des Persers Hysterie, hatte er ihn, wie alle anderen auch, fallengelassen und sich, als sein Stern zu sinken begann und sein Ruhm und seine Macht im Theater schwanden, auf sein Altenteil zurückgezogen und eine Autobiographie geschrieben. Zur Feier der Buchvernissage organisierte der Verlag eine öffentliche Soiree im Foyer eines der großen Berliner Theater, in denen der Regisseur seine früheren Triumphe gefeiert hatte. Da die Schauspielgranden der Gegenwart sich aus Angst, für gestrig gehalten zu werden, nicht allzu nah auf den aus der Mode geratenen alten Mann einlassen mochten, bat man in seinem Auftrag sogenannte Weggefährten aus früheren Tagen, einzelne Passagen aus dem Buch vorzulesen. Einer der Angefragten war der Perser, an den – und an die schillernden Abende, die er dank ihm dann und wann auf die Beine zu bringen vermocht hatte – sich der greise Regisseur mit Wehmut erinnerte.

Nachdem Roman die Ankündigung dieser Buchvernissage in der Lokalzeitung entdeckt hatte, nahm er all seinen Mut zusammen und schrieb dem Perser auf einer Postkarte, er würde mit dem Gedanken spielen, zu der Veranstaltung zu kommen und ihm zuzuhören. Im Anschluss daran möchte er ihn gern treffen, um mit ihm über eine Rolle zu sprechen, von der er meine, der Perser könne sie vielleicht spielen.

Er hatte die Karte absichtlich im Vagen gehalten, um sich dem Perser nicht von vornherein auszuliefern. Sobald der sich nämlich sicher fühlte, wurde er nach wie vor verletzend, tückisch, unausstehlich, wahrscheinlich immer noch aus Angst davor, sonst selbst verletzt zu werden. Er traute keinem über den Weg. Wer ihm eine Rolle anbot, den behandelte er wie einen Freier, den man möglichst lange zappeln lassen und erniedrigen muss, um sein Verlangen anzuheizen und das Meistmögliche aus ihm herauspressen zu können, solange er erregt war und etwas von einem wollte. Er hatte wohl die Erfahrung gemacht, dass alle Regisseure ihn fallenließen, sobald sie ihn besaßen. Dass jemand seine Art des Spiels aufrichtig schätzte, konnte er sich nicht vorstellen, zumal er seinem Talent selbst am allerwenigsten traute. Er hatte seine Mittel nicht unter Kontrolle. Er wusste nicht, was er tun musste, um beim Publikum anzukommen – manchmal vergötterte es ihn, manchmal verachtete es ihn. Das Einzige, worauf er baute, war seine Unberechenbarkeit. Die war zwar mit den Jahren erwartbar geworden, aber sie war das, womit er dann und wann noch immer Eindruck zu machen vermochte: mit unbegreiflichen Haken im Spiel, mit leisen, sanften Tönen, wo jedermann ihn laut und grob erwartete, oder tigernd, tänzelnd, geschmeidig, wo jedermann ihn polternd, trampelnd erwartete.

Sobald man ihm eine Rolle anbot, zog er sich zurück und nahm eine Lauerstellung ein wie ein Raubtier vor dem Sprung. Er wollte wohl prüfen, wie ernst das Angebot gemeint war und wie belastbar der Anbieter.

Um sich von ihm am Abend nicht verletzen zu lassen – er war wenig schlagfertig und wusste sich nicht zu wehren, wenn jemand ihn angriff –, schrieb Roman ihm nicht, dass er sich längst für ihn entschieden hatte. Er schrieb ihm nicht einmal, dass er definitiv zur Vernissage kommen werde. Er ließ alles im Ungefähren, teilte bloß mit, er wolle versuchen, es rechtzeitig zu schaffen, und falls es nicht klappe, werde er sich am folgenden Morgen bei ihm im Hotel melden und sich mit ihm, wenn es ihm recht sei, zu einem Kaffee verabreden, um ihm kurz von dem Projekt zu erzählen.

Roman und seine Geliebte wuschen sich und zogen frische Kleider an.

Wenn seine Geliebte in Unterwäsche aus dem Badezimmer kam, konnte es geschehen, dass sie einander im schmalen Flur begegneten. Er konnte sich dann jeweils kaum zurückhalten, ihre helle, vom Trockenreiben gerötete nackte Haut anzufassen. Wenn er diesem Bedürfnis nachgab, schoss, noch bevor seine Finger irgendetwas an ihr berührt hatten, alles Blut in sein Glied, und das Verlangen packte ihn, es in sie hineinzustecken. Sie kannten beide diesen Mechanismus und bemühten sich deshalb, einander vor einer Verabredung im Flur nicht zu begegnen, um es rechtzeitig aus dem Haus zu schaffen.

Doch gestern geschah es wieder. Er hatte vergessen, sich zu rasieren, und wollte das nachholen. In diesem Moment trat sie aus dem Badezimmer. Sie schauten einander fragend an, er berührte ihre kühle Schulter und wollte an ihr vorbeigehen, das Blut schoss in sein Glied, der Flur verdunkelte sich vor seinen Augen, er legte seine Arme um sie, umfasste ihre Hinterbacken, presste ihren Körper an sich, hob sie in die Höhe und trug sie mit baumelnden Beinen zum Bett, wo er in sie eindringen wollte, was aber so schnell nicht gelang. Sie hielt den Atem an wie jemand, der lauscht. Er stieß sein Glied gegen sie, versuchte es in sie zu schieben, wand sich auf ihr hin und her, wurde davon immer erregter, schnaufte heftig, das Glied wurde hart wie Holz, zog sich dann zwei-, dreimal konvulsivisch zusammen und schrumpfte. Verlegen rollte er sich zur Seite. Seine Geliebte schaute ihn an. Er sagte, wir sollten dann wohl mal, sie sagte, ja, er stand auf und fragte, was sie vorhabe anzuziehen, sie sagte, etwas Blaues, er solle besser etwas Andersfarbiges wählen, weil sie sonst aussehen würden wie Zwillinge, er sagte, gut, ging sich rasieren und zog ein grünes Hemd an. Als er zurückkam, lag sie immer noch auf dem Bett. Er sagte, auf auf, sie seufzte, ja, dann müsse sie wohl auch, erhob sich und zog ein blaues Kleid an.

Er richtete es so ein, dass sie erst in letzter Minute ankamen. Das Theaterfoyer war bereits voller Gäste, die miteinander redeten, lauter Leute, die früher am Theater etwas zu sagen gehabt hatten und sich immer noch so benahmen, als kennte man sie und buhlte um ihre Gunst. Roman hielt sich mit seiner Geliebten im Hintergrund.

Neben dem greisen Regisseur entdeckte er mitten im Raum den Perser. Er kam ihm noch kleiner und zarter vor als in der Erinnerung. Er stand etwa zwei Meter vom Regisseur entfernt, außerhalb von dessen Reichweite, wie ein Boxer. Sein Blick wirkte gehetzt. Er schien überall Feinde zu wittern und sich davor zu fürchten, von einem von ihnen angegriffen zu werden. Sein Blick schweifte über die Köpfe der Anwesenden hinweg. Vielleicht suchte er Roman in der Menge, den er hätte beleidigen können, ohne Angst haben zu müssen, bei ihm in ein offenes Messer zu laufen. Vielleicht brauchte er vor seinem Auftritt dringend jemanden, der um ihn warb.

Die alten Theaterleute im Foyer hatten keine Rollen mehr zu vergeben, und wenn, hätten sie junge, neue, aufstrebende Schauspieler gefragt, nicht einen alten wie ihn, der mit ihnen hochgekommen und heute wie sie ausrangiert war.

Roman gab sich nicht zu erkennen. Er blieb hinter einer Säule stehen, im Schatten.

Die Leute, die an dem Abend offiziell etwas zu sagen hatten, nahmen auf einem an der Stirnseite des Foyers aufgebauten Podium Platz. Das Publikum setzte sich, Roman und seine Geliebte in die zweithinterste Reihe, halb verdeckt von der Säule. Er duckte sich hinter seinen Vordermann, zog den linken Schuh aus, der ihn oben auf dem Rist drückte, und massierte die Stelle. Er hatte den Eindruck, der Perser habe ihn nach wie vor nicht erblickt, sei deswegen zunehmend beunruhigt und suche ihn im Saal. Diese Vorstellung erfüllte Roman mit Genugtuung. Er stellte sich die Überraschung im Gesicht des Persers vor und die nicht zu verbergende Erleichterung, wenn er nach der Lesung, beim Aperitif, auf ihn zutreten würde, um ihn zu umarmen und ihm zu sagen, wie gut er ihm als Rezitator gefallen habe und wie gern er hätte, dass er die Rolle in seinem Stück spiele; ohne ihn könne er sich die Aufführung nicht vorstellen; das Zustandekommen des Projekts hänge ganz und gar von ihm ab.

Ehemals wichtige Theaterleute begrüßten das Publikum und lobten den greisen Regisseur; der Verleger begrüßte das Publikum und lobte den greisen Autor; der greise Regisseur und Autor begrüßte das Publikum und erklärte, dass ein Regisseur ohne Schauspieler nichts sei und dass er sich freue, alte Weggefährten und Mitstreiter auf dem Podium begrüßen zu dürfen und von ihnen ein paar Passagen aus seinem Buch vorgelesen zu bekommen. Dann ging das Licht aus bis auf zwei Scheinwerfer, die auf die Lesenden gerichtet waren. Eine Schauspielerin, die früher als unschuldig, natürlich und rein gepriesen wurde und sich mit den Jahren daran gewöhnt hatte, als unschuldig, natürlich und rein zu gelten, las in ihrem unschuldigen Reinheitston Passagen aus dem Buch vor und schaute das Publikum zwischendurch mit einem Blick an, in dem etwas Treues, Herzliches liegen sollte.

Dann kam der Perser dran und las irritierend lauernd, verängstigt, fremdartig. Er wirkte gefährlich. Man wusste nicht, ob er den Text vertrat – es waren allgemeine Überlegungen zur Theaterarbeit –, ob er ihn verstand, ob er ihn in Frage stellte oder ob er ihn gar denunzierte. Die Sätze schillerten, klangen zwiespältig. Man hörte gespannt zu. Während des Lesens schien er weiterhin zutiefst beunruhigt zu sein und sich zwischendurch immer wieder im Saal umzusehen und nach jemandem zu suchen. Roman bildete sich ein, die Blicke gälten ihm, der Perser vermisse ihn und finde es schade, dass er nicht da sei und die Lesung nicht verfolge, wo er sie doch so gut gestalte. Er wand sich eigenartig auf seinem Stuhl, so als ränge er mit dem Text. Irgendwann ließ er das Buch auf seine Knie sinken, mitten im Satz, hob den Kopf, schaute das Publikum an und verstummte. Die Stille, die entstand, wirkte erfrischend. Roman bewunderte den Perser; er nahm an, die exzentrische Pause sei eine bewusst gesetzte, eine Rhythmusstörung, ein schamloser Effekt, den der Perser testen wolle. Er hatte das Publikum immer schon mit solchen Extravaganzen auf die Folter gespannt und seine mitspielenden Kollegen damit bis aufs Blut gereizt. Doch er fuhr nicht fort mit Lesen, sondern legte den Text aufs Tischchen neben sich, ließ den Kopf auf die Brust sinken und sackte langsam in sich zusammen, so als ob er sämtliche Luft aus sich entweichen ließe.

Die Zuschauer saßen ratlos auf ihren Stühlen und warteten. Einer der Veranstalter ging nach einer Pause aufs Podium, trat neben den Perser und fragte, ob irgendetwas nicht in Ordnung sei. Der Perser rührte sich nicht. Ein Arzt, der zufällig in der ersten Reihe saß, stieg aufs Podium, hob den Perser vom Stuhl, legte ihn auf den Boden und murmelte etwas von Unwohlsein. Die Zuschauer blieben weiterhin sitzen und warteten darauf, dass der Perser wieder zu sich komme, sich zurück auf seinen Stuhl setze und weiterlese. Doch dann begann der Arzt sich schneller zu bewegen. Er bat, jemand möge eine Ambulanz rufen. Einer der Organisatoren stieg aufs Podium und bat die Gäste, den Saal zu verlassen und so lange draußen auf dem Theatervorplatz in der Abendsonne zu warten, bis das Programm weitergehen könne. Ein Zuschauer nach dem anderen erhob sich und folgte zögernd der Aufforderung, immer wieder sich zurückwendend und Richtung Podium schauend. Schließlich standen alle draußen auf dem Vorplatz herum, betreten, leise murmelnd, die Köpfe schüttelnd. Dann und wann drang eine Neuigkeit nach draußen und wurde vom einen zum anderen geraunt. Herzanfall. Es sehe nicht gut aus. Immer noch nicht ansprechbar. Die Ambulanz kam und hielt vor dem Bühneneingang. Drei Männer mit einer Tragbahre und Geräten eilten ins Theater. Nach einigen Minuten wurde die beladene Bahre herausgetragen und hinten in den Wagen geschoben und die Tür geschlossen. Die drei stiegen ein und fuhren weg. Eine Minute später trat jemand vors Theater und bat die Gäste, nach Hause zu gehen; die Feier sei hiermit beendet.

Der Perser war gestorben. Romans Überraschung war missglückt. Er meint seither, der suchende Blick des Persers habe sich zunehmend eingetrübt. Der Verdacht sei in ihm hochgestiegen, einmal mehr verraten worden zu sein von jemandem: von Roman.

Und so kam es, dass der Perser zu jener Zeit, als Milch des Mondes hätte aufs Kraut fallen sollen, nicht hat in Erscheinung treten können.

Er hätte, wenn der Vorhang aufgegangen wäre, in der Rolle eines Mannes namens Herzog in einem Bühnenbild sitzen sollen, das die Illusion erweckt hätte, man befinde sich in einem Bahnhofsrestaurant erster Klasse in einer kleinen Stadt an einem See, tausend Kilometer südwestlich von Berlin. Der Perser hätte allein an einem Tisch sitzen und etwas essen sollen.

In einiger Entfernung von ihm, neben dem Buffet, hätte ein Kellner stehen und vor sich hin schauen sollen.

Für die Rolle des Kellners hatte Roman einen ausgemergelten alten Schauspieler vorgesehen, dessen schnarrender, dröhnender Bass in ganz Berlin bekannt war, weil der Schauspieler sein Leben lang sämtliche Kino- und Lokalfernsehwerbungstexte gesprochen hatte. Kaum ertönte irgendwo seine Stimme, löste sie in den Köpfen der Anwesenden Erinnerungen aus an Sprüche wie *Fragt der Orje sein Freund Kulle, haste nicht ne Paech-Brot-Stulle?* oder *Mmmmmmüller-Milch* oder *Bei Schnee und Eis – hin zu Pelz Weiss* oder *Bleibt's bei dir kalt oder platzt dein Rohr, ruf Heizung, Gas & Wasser Moor*. Dass der klapprige Mann in seiner Jugend Kleists Prinzen von Homburg und Schillers Ferdinand gespielt hatte, war längst in Vergessenheit geraten. Egal, was er sagte, man fühlte sich in die ewige, nach Kohl riechende Berliner Vorstadt versetzt und gluckste heimlich vor Vergnügen.

Die Abendsonne hätte durch die Fenster ins Bahnhofsrestaurant hereingeschienen, und den Wind hätte man draußen wehen gehört.

Der Perser hätte dem alten Kellner über die Tische hinweg erklärt: Wo ich lebe, da gehen so viele Freundschaften auseinander – das können Sie sich gar nicht vorstellen. Wir haben bei uns jegliche Geduld verloren. Das Verständnis füreinander ist weg. Keine Zeit für Rücksichtnahme. Am Ende kommt doch nichts als Verlogenheit und Schmerzen heraus, das ist die Erfahrung. Alles bleibt halb. Freundschaft lohnt sich nicht. Sie ist aus der Mode gekommen. Von solchen Dingen wissen Sie nichts, hier, fernab von der Welt, im Reservat sozusagen, Sie entschuldigen den Begriff. Hier gibt es bestimmt noch Freunde, richtige, gute, treue Freunde, ja? – Sie verstehen, wovon ich rede?

Der Kellner hätte sich unbehaglich gefühlt. Er hätte den Perser unschlüssig angeschaut und nach einer Pause gesagt: Nun ja, ich spreche Deutsch, falls Sie das meinen. Sie reden von Freundschaft?

Nach einer weiteren Pause hätte der Kellner, um zu bekräftigen, dass er durchaus verstanden habe, wovon die Rede sei, leise zu trällern begonnen: Ein Freund, ein guter Freund, das ist das Schönste, was es gibt auf der Welt …

Der Perser hätte ihn unterbrochen: So ungefähr, ja – am Aussterben. So etwas wie Trappen. Irgendwo leben sie noch, brüten noch, die Trappen, habe ich gehört. Kennen Sie Trappen? Diese schweren, dicken Steppenvögel? Man spricht heute viel über Tiere, die aussterben. Das ist auch so eine Mode, dort wo ich herkomme. Ich hasse Moden, und doch mache ich jede mit, wie Sie eben feststellen konnten. Wie Trappen, die Freunde. Trappen. Es gibt kaum noch welche davon. Einen kenne ich, einen einzigen, den ich manchmal in einem Restaurant sitzen sehe, allein natürlich, denn es gibt ja keine anderen mehr seinesgleichen. Ein echter Freund, ein Fossil. Er sieht aus, wenn ich ihn da so sitzen sehe hinter der Restaurantscheibe, wie ein Quastenflosser, tief unten am Meeresgrund; schnappt mit seinem Maul nach den Brocken auf seiner Gabel, schaut ins Leere – ein Übriggebliebener, über den die meisten seiner Bekannten herziehen, weil er so altbacken, untüchtig, unbrauchbar ist. Ein Ärgernis, im Grunde genommen; einer, der auf Nebensächlichkeiten besteht, der sich unzeitgemäß festbeißt an Überzeugungen, manchmal bis zum Starrsinn, mit stechendem Blick – ich kenne ihn. Ich war auch einmal befreundet mit ihm. Aber ich habe ihn nicht mehr ausgehalten. Ich verlasse jeden, solange wir uns gegenseitig noch achten. Ich ertrage nicht, die Enttäuschungen nahen zu sehen. Jeder enttäuscht, glauben Sie mir, und ich habe nicht die Kraft, darüber großzügig hinwegsehen zu können. Man muss blind und taub und blöd sein, um all die Schwächen und Dummheiten eines Freundes hinnehmen zu können. Oder ein Berserker. Das ist mir nicht gegeben. Irgendwann breche ich jeden Kontakt ab. Hinterher bin ich zwar traurig; schon wieder einen Freund verloren, jammere ich, sehne mich nach ihm zurück, winsle ein paar Tage lang – dann legt sich die Sehnsucht hin und entschlummert, und ich lebe weiter.

Jetzt hätte ein Gast das Restaurant betreten und sich am anderen Ende des Saals an einen Tisch setzen sollen.

(Roman hätte versucht, für diese Rolle einen Schauspieler aus Hamburg zu gewinnen, einen blassen, älteren Herrn mit rötlichblonden Haaren, der immer wirkte, als wäre er bloß einem erkrankten Freund zuliebe in die Rolle geschlüpft, die er spielte, und als arbeitete er in seinem wahren Leben in einem Büro, in dem er Statistiken für die Rentenversicherungsanstalt auszufüllen habe; alles, was sonst an ihn herangetragen werde, halte er für höchst befremdlich und nicht ganz sauber. Er sprach extrem schlank und leise und versuchte in jeder Situation, die ihm begegnete, strengste Haltung zu bewahren und Regeln zu befolgen, die er – wohl in seiner Jugend – gelernt hatte, die aber längst zu nichts mehr passten. Selbst als er einmal den König in einem Shakespeare-Drama spielte, tat er das mit der peniblen Genauigkeit des Sachbearbeiters aus der Rentenversicherungsanstalt, was dem Shakespeare-König etwas beunruhigend Überfordertes verlieh und ihn dementsprechend gefährlich erscheinen ließ. Je unüberschaubarer die Situationen waren, in die er als Schauspieler gestellt wurde, desto akkurater, korrekter verhielt er sich – wie ein treusorgender Familienvater, der gegen seinen Willen in eine Sexorgie gerät.)

Der Kellner wäre zu ihm geeilt und hätte gefragt, was es sein dürfe.

Der Gast hätte gesagt: Das Übliche.

Der Kellner hätte vor sich hin gemurmelt, das Übliche, gern, und wäre in der Küche verschwunden, um nach kurzem mit Wein wiederzukommen, den er dem Gast mit einem Bitte sehr, zum Wohl, serviert hätte.

Der Perser hätte sich von der Unterbrechung nicht ablenken lassen und unbeirrt weiter auf den Kellner eingeredet: Irgendwann habe ich's aufgegeben; mochte mich der ganzen Tortur nicht länger unterziehen. Kennenlernen, Aufregung, Fieber, Zweifel, Ängste, Abbruch – nein. Heute freue ich mich an Tieren, an Pflanzen. Ich versuche es wenigstens. Gehe durch Schrebergartensiedlungen und liebe den Duft, der dort je nach Jahreszeit mal so, mal anders durch die Wege strömt, mal Flieder, mal Glyzinien, mal Rosen, mal Baumblüten, mal gemähtes Gras, mal gesägtes Holz, mal Grillrauch, mal umgegrabene Erde, und die Vögel singen hoch in unendlicher Vielfalt, abends. Oder morgens, vor Sonnenaufgang, was für ein dröhnendes Gezwitscher. Da liege ich im Bett, bei geöffnetem Fenster, und von draußen klingt dieses brausende Konzert herein, so märchenhaft reich, dann ebbt es ab, verschwindet, ich schlafe noch ein wenig, das verlangt nichts von mir, und darum habe ich aufgegeben, mich um Menschen zu kümmern, sie näher kennenzulernen – sie sind alle verzweifelt. Wir alle, man mag nicht daran rühren, sonst öffnen sich die Schleusen, und wir ertrinken in all den Fragen, all den Ratlosigkeiten, den Enttäuschungen – deswegen halte ich mich die letzten Jahre heraus, bin nur noch in öffentlichen Parks anzutreffen, ein Fremder neben Fremden, sage hier Verzeihung, erkläre da den Weg, helfe dort eine Kontaktlinse suchen, bitte darum, mich an einen Tisch dazusetzen zu dürfen, werfe einem Kind den weggespickten Ball zurück, höre mir auf einer Parkbank die wirren Verwünschungen eines neben mir sitzenden älteren Herrn an und fühle mich heiß verbunden mit all diesen Leuten, die ich auf der Stelle wieder verlassen und vergessen darf …

Er hätte sich an den Gast am anderen Ende des Saals gewandt und versucht, ihn mit ins Gespräch einzubeziehen: Sie legen Ihr Gesicht in beängstigend viele Falten. Ich fürchte, Sie kriegen das Geknitter gar nicht wieder auseinander. Machen Sie sich keine unnötigen Gedanken über das, was ich sagte. Vielleicht ist es dummes Gewäsch. Ich habe etwas viel Wein getrunken. Ich liebe den Wein aus dieser Region hier; nicht weil er gut ist, sondern weil er hier wächst, hier, wo ich Freunde vermute, von denen ich annehme, sie trinken ihn auch – ja, ich hoffe insgeheim, durch diesen Wein ebenfalls zum Freund zu werden. Denn natürlich bleibt die Sehnsucht nach Freundschaft, da kann ich reden, soviel ich will – eben habe ich dem Herrn Ober auseinandergelegt, dass Freunde dort, wo ich herkomme, am Aussterben seien wie Trappen, und dass ich auf der Suche sei nach ihren Brutstätten und hier welche vermute, wo ich deswegen gern hin und wieder eine Nacht absteige und verbringe. Herzog ist mein Name.

Der Gast hätte ihn ratlos angeschaut und kaum merklich zweimal den Kopf geschüttelt, ganz kurz nur, ein Zucken eher, so als habe er nicht verstanden, was der Mann eben gesagt hatte. Mit einem dritten Kopfschütteln hätte er gefragt: Und?

Herzog hätte verdattert wiederholt: Nun ja, wie ich eben sagte, ich fahre hin und wieder hierher und bleibe eine Nacht …

Der Gast hätte ihn nachdenklich gemustert und dann – eher zu sich selbst – gesagt: Ein Fremder also? Ein Gast? – Ich habe Griechisch- und Lateinunterricht gehabt, wo das Wort Gastfreundschaft eine große Rolle spielte. Seither wäre ich gern gastfreundlich. Doch hasse ich alles Fremde, muss ich leider gestehen. Ich fühle mich unbehaglich in der Umgebung von jemandem, den ich nicht seit mindestens zehn Jahren kenne. Aber nun sind Sie schon einmal hier. Vielleicht … Wenn Sie mögen: Vielleicht interessiert es

Sie, unserer Runde heute Abend Gesellschaft zu leisten? Wir treffen uns immer an jenem Tisch dort … (Er hätte auf einen Tisch am Fenster gedeutet.)

Herzog hätte gesagt: Sehr gern. Das wäre mir bestimmt ein großes Vergnügen. Danke.

Der Gast hätte ihn skeptisch angeschaut und gesagt: Das glaube ich nicht. Das, was Sie da eben ausführten, meine ich. Es gab immer nur wenige Freunde, überall, und sie haben sich schon immer meistens verpasst, denn sie führen ihr Leben verstockt und voller Misstrauen. Es ist schwierig, ihnen zu begegnen. Sie sind scheu, ziehen sich sofort in ihre Löcher zurück, wenn jemand am Horizont auftaucht. Aber sie sind da, ohne Zweifel. Dass sie heutzutage etwas fadenscheiniger wirken, ausgemergelt, dass ihr Fell nicht mehr so glänzt wie früher, das mag sein. Die Bedingungen sind schlechter geworden für sie, denke ich. Aber sie passen sich an, wie alles. (Er hätte überlegt und sich dann vorgestellt:) Förster ist mein Name – aber das ist uninteressant.

Herzog: Freut mich. (Er hätte sich ein zweites Mal vorgestellt:) Herzog. (Er wäre aufgestanden und an Försters Tisch getreten, um ihm die Hand zu reichen.)

Förster hätte die Hand nicht ergriffen, sondern nachdenklich weitergesprochen, eher zu sich als zu Herzog: Begeistert werden die anderen kaum sein heute Abend. – Richter kommt bestimmt. – Fünf … nein, sechs Kinder hat er inzwischen schon, glaube ich. Seine Frau ist dauernd schwanger. Manchmal sagen wir zu ihm, denn siehe, es wird die Zeit kommen, in welcher man sagen wird: Selig sind die Unfruchtbaren und die Leiber, die nicht geboren haben. Dann schaut er uns unendlich müde an, mit einem Lächeln, das aus so weiter Ferne heranweht, dass wir nicht erkennen, ob es ein Weinen oder ein Lachen war, als es aufbrach. Das jüngste ist eine zweijährige Tochter. Die lieben wir abgöttisch. Manchmal bringt er sie mit. Wir gehen vor ihr in die Knie, hopsen, lachen, machen Verrenkungen, schlagen mit unseren Hausschlüsseln gegen Flaschen und Gläser, blasen die Wangen auf, lassen furzende Töne durch die Lippen fahren, reiben mit den befeuchteten Fingern über die Ränder der Gläser, um Glasharfenklänge zu erzeugen, wir heben die Tochter in die Höhe, der eine steht hinter ihr und wedelt Luft an ihren Kopf mit den seidenen Haaren drauf, der andere fasst sie an den Gelenken und schlenkert sie im Kreis herum, wir starren sie an, benehmen uns närrisch, der eine mehr, der andere weniger, und das Mädchen betrachtet uns der Reihe nach, ernst, taumelt dann los, rennt in eine Richtung, fällt auf den Po, bleibt sitzen und reckt uns die Arme entgegen, einer eilt hin, stellt sie auf die Füße, sie sagt Lottel oder EilsiEilsi, was nach Richters Aussage dies oder jenes bedeuten soll, wir sind entzückt, einer hält das Mädchen schwebend über den Tisch, der andere taucht seinen Mund ins Glas und blubbert mit dem

Wein, die Kleine schaut sich das ganze Treiben an, und beim Atmen schleift und rasselt die Luft in ihrer Nase. Ihr Herz fühlt man heftig gegen die Brust schlagen, wenn man sie in die Höhe hebt. Richter schaut derweil erschöpft vor sich hin. Er ist froh, dass wir uns um sie kümmern. Er seufzt. Manchmal sagt er, nein, genug jetzt, Sophie, es reicht. Sophie heißt sie. Dann schaut er wieder vor sich hin und wirkt so müde, es schmerzt. Dann schläft er ein, und wir werfen uns Sophie zu. Irgendwann beginnt sie zu gähnen, und dann schläft sie ebenfalls ein. – Wollen Sie das alles erleben? Es ist gnadenlos gewöhnlich.

Herzog hätte mit Emphase behauptet, unbedingt, doch, ja, genau das sei es, wonach er Sehnsucht habe; es sei ihm ein großes Vergnügen, auf Herrn Förster gestoßen und heute Abend eingeladen zu sein.

Dann wäre das Licht aus- und nach einem Moment wieder angegangen.

Jetzt hätte die Sonne tiefer stehen und das Restaurant im Abendrot erglühen sollen.

Am Tisch, auf den Förster in der vorangegangenen Szene gedeutet hat, hätte jetzt eine Frau sitzen sollen.

(Roman hatte beabsichtigt, für diese Rolle eine etwa fünfundsechzigjährige Schauspielerin zu gewinnen, die er vor vielen Jahren zum ersten Mal auf einer Bühne gesehen hatte und der er seit da verfallen war. Sie hatte eine Bombermütze aus Leder auf dem Kopf getragen und schien sich damit einerseits den ganzen Abend lang pudelwohl gefühlt, andererseits immer den Verdacht gehegt zu haben, irgendwie fehl am Platz zu sein. Ihr Kopf war klein, das Gesicht nicht viel mehr als ein heller Fleck. In der Rolle schien sie auf etwas warten oder sich vor etwas fürchten zu sollen, etwas, das offenbar jeden Moment eintreten konnte. Mehrmals innerhalb des Abends musste sie im Spiel aufschrecken und fragen, hat's geklopft, hat's geklingelt? Sie sprach einen rätselhaften Akzent, etwas zwischen Böhmen, Niederlausitz und Südtirol. Sie gurgelte, gluckste und sang ihre Sätze, so dass man nie wusste, ob sie im nächsten Moment anfangen werde zu lachen oder zu weinen. Roman verstand immer, hat's gekloppt, hat's geklingelt, und dieses eigentlich nichtssagende Hat's-gekloppt-hat's-geklingelt begleitete ihn seither durch sein Leben und versetzte ihn jedes Mal, wenn es ihm einfiel, in gehobene Stimmung und machte ihn gleichzeitig nachdenklich, weil es ihn daran erinnerte, dass es auch bei ihm jederzeit kloppen und klingeln konnte. Seit damals ging er, wann immer er es einrichten konnte, ins Theater oder ins Kino, wenn diese Schauspielerin auftrat. In einer Rolle – ein paar Jahre später – bewegte sie sich während der ganzen Aufführung mit rechtwinklig eingeknicktem Rumpf über die Bühne, den kleinen Kopf nach vorne gereckt, mit einem beunruhigend witternden Ausdruck im hellen Gesicht. In einem Interview behauptete sie, in ihrer Jugend habe es sogenannte Gasschnüffler gegeben, städtische Angestellte, deren Aufgabe es gewesen sei, lecke Stellen in Gasleitungen aufzuspüren. Die seien in dieser Haltung schnüffelnd durch die Straßen gegangen und hätten auf sie als Kind einen unheimlichen Eindruck gemacht. Obwohl die Rolle, die sie spielte, nichts mit Gas oder Schnüffelei zu tun hatte, brannte sich Roman diese geknickte Figur ein und verfolgte ihn wie ihr Hat's-gekloppthat's-geklingelt bis in die Gegenwart. Er hatte sie später dafür gewinnen können, in seinem Film über den verkrachten Sänger mitzuwirken. Sie spielte dessen Klavierbegleiterin und hatte in der Rolle einen gebrochenen Finger, weswegen sie die Töne, die sie mit diesem Finger hätte erzeugen sollen, singen musste, was sie mit stoischer Gelassenheit tat, vollkommen selbstverständlich, so dass man es als Zuschauer lange Zeit gar nicht wahrnahm. Erst nach und nach fiel einem auf, dass etwas nicht stimmte. Je länger so ein Lied dauerte, desto sonderbarer kam es einem vor. Die Kamera musste sehr nah an ihr kleines Gesicht heranfahren, um zu zeigen, wie sie die Töne mit dem Mund formte und ausstieß.)

Die Frau hätte ungehalten auf den vor ihr stehenden Förster einreden sollen: Wie, uns will jemand kennenlernen?! Ich will aber niemanden kennenlernen, das weißt du! Irgendeinen vollkommen Fremden, bei dem man erst wieder lernen muss, alle seine

Eigenarten zu akzeptieren, seine verdrehte Art, Witze zu machen, seine wundgescheuerten Stellen, seine Verkrümmungen, seine schlechten Angewohnheiten, seine Sprechticks, seine zu langen oder zu kurz gekauten Fingernägel, seine senffarbenen Hemden, seine Farben überhaupt, seine Stimme, sein Lachen, sein Schweigen – nein! Interessiert mich nicht! All die Schichten und Krusten, die es wieder herunterzukratzen gälte, diese Hüllen, dieses mühselige Schälen, das vor uns läge – nein! Ich will niemand Neues kennenlernen. Ihr seid mir Rätsel genug. Seit wann sagst du zum Beispiel nicht mehr vor jedem Satz eben?! Wann hast du dir vorgenommen, diese schlechte Angewohnheit auszurotten? Und warum? Und Richter, seit wann nagt der nicht mehr an seinen Lippen? Ist dir das auch aufgefallen? Ich habe den Kopf voll damit, euch jeden Tag auseinanderhalten zu können, ich will keine neuen Gesichter hier auftauchen sehen. Schau sie dir doch an, wie sie vorübergehen, diese vermummten, maskierten, gepanzerten Wesen! (Sie hätte wild zum Fenster hinausgeschaut, auf die Straße. Nach einer Pause wäre sie fortgefahren:) Was für eine Kopflosigkeit, einen Neuen hier einführen zu wollen! Schweig! Was erwartest du?! Er wird auch nichts anderes aus dem Leben gezogen haben als wir! Es mag etwas anders klingen, kann sein, und du Kindskopf horchst ja auf bei jedem neuen Glöckchen, das bimmelt – aber es entpuppt sich immer wieder nur als Glöckchen! Sei doch vernünftig! Er wird gescheitert sein, was sonst?! Was für eine unerträgliche Neigung, diese Neugier, was für eine Sucht nach neuen Ufern! Nachdem wir mühsam Schale für Schale abgelöst haben werden, wird er sich als ebenso nackt und unansehnlich herausstellen, wie wir selbst es sind. Da umsegle ich mit euch seit Jahren schicksalhaft Abend für Abend diesen Tisch, und du?! Du hast nichts Besseres zu tun, als ein neues Gesicht anzuschleppen!

Ein weiterer Mann hätte das Restaurant nun betreten sollen.

(Roman hatte davon geträumt, seinen Jugendfreund, den Neurologen, dazu überreden zu können, bei dem Projekt mitzumachen und diese Rolle zu übernehmen. Als Schüler hatten sie zusammen Theater gespielt. Der Jugendfreund vergaß sich auf der Bühne jeweils vollkommen und blühte auf. Er träumte davon, später Schauspieler zu werden. Nur weil diese Berufswahl für einen Sohn aus gutem Haus zu jener Zeit noch unvorstellbar war, verzichtete er darauf, den Versuch zu wagen. Er studierte Medizin, verbrachte aber die meiste Zeit an der Universität im von ihm gegründeten Studententheater – wo ihm allerdings die Lust am Spielen nach und nach abhandenkam.)

Der neue Mann hätte die beiden erblickt und sich zu ihnen gesellt.

Abend, hätte er gähnend gesagt.

Die Frau hätte ihn angefahren: Guten Abend heißt das. Ich weiß, du hast einen anstrengenden Tag hinter dir, aber wir sollten uns deswegen trotzdem nicht so gehenlassen. Abend, das ergibt keinen Sinn.

Der Kellner wäre aus der Küche gekommen und auf den neuen Gast zugetreten: Darf ich Ihnen den Mantel abnehmen? (Er hätte es getan und mit dem Mantel im Arm gefragt:) Möchten Sie gleich bestellen, oder überlegen Sie lieber noch einen Augenblick?

Die Frau hätte den Kopf über ihn geschüttelt und gesagt: So lassen Sie ihn doch erst einmal zur Besinnung kommen, bitte!

Der neue Gast hätte versöhnlich gesagt: Das Übliche.

Der Kellner hätte wenig begeistert wiederholt: Das Übliche, gern.

Auf dem Weg zur Garderobe hätte er vor sich hin gemurmelt: Warum denn in die Ferne schweifen, sieh, das Gute liegt so nah ... Das Bessere ist der Feind des Guten ...

Die Frau hätte ihm nachgeschaut und kopfschüttelnd vor sich hin gemurmelt: Was für ein Idiot. (Dann hätte sie zum neuen Gast gesagt:) Du brauchst dich gar nicht erst hinzusetzen. Der Abend ist versaut. Förster hatte die fabelhafte Idee, einen wildfremden Touristen an unseren Tisch zu laden. Weiß der Teufel, wer sich wo hinsetzen soll. Dein Platz jedenfalls ist bereits vergeben.

Der neue Gast hätte gähnend gesagt: Ach? – Soll ich mich dann vielleicht lieber hier nebendran …

Förster hätte gesagt: Ach was, Blödsinn. Setz dich, wo du dich immer hinsetzt.

Die Frau wäre aufgebraust: Was denn sonst?! Hast du einen ganzen, neuen, vollbepackten Weltbürger zu unserem Treffen eingeladen?! Einen Fremden, mit all seinen Irrtümern und Wahnvorstellungen?! Ja oder nein?! Verstehst du denn nicht?! Wenn heute wieder so ein Rätsel dazustößt – wie ermüdend! Wie unendlich beschwerlich! All die Freundlichkeiten, die man sich sagt! All das Zeug, das man sich vorschwätzt! Dankbar, weil endlich wieder einmal einer da ist, der es noch nicht gehört hat. Das können wir alles weglassen, wenn wir unter uns bleiben.

Der Kellner hätte dem neuen Gast sein Getränk gebracht: Bitte sehr, wo darf ich's …

Die Frau hätte ihn ungeduldig unterbrochen und zweimal wiederholt: Stellen Sie ab, stellen Sie ab!, wozu sie mit der Hand gewedelt hätte, um ihm damit zu bedeuten, er solle verschwinden.

Der Kellner hätte das Getränk auf den Tisch gestellt, zum Wohl gewünscht und wäre in die Küche zurückgegangen.

Die Frau hätte weiter doziert: Kein neues Gesicht! Das weißt du! Mag es der Baron von Vietinghoff sein – ich will ihn nicht kennenlernen. Er soll ein guter Mann sein, wo er ist, nur behellige er mich nicht! Ach … du hast mich fürchterlich in Rage gebracht mit deinem Vorschlag! Es war nur ein Scherz, nicht wahr? Warum machst du solche Scherze?! Ein neues Gesicht – so ein Irrsinn!

Förster hätte versucht, sie mit einem Bibelzitat zu besänftigen: Es ist nicht gut, dass der Mensch allein sei …

Im Hintergrund wäre der Perser in seiner Rolle als Herzog aufgetaucht. Er hätte die drei entdeckt und sich zögernd dem Tisch genähert.

Die Frau hätte ungerührt weitergeschimpft, da sie ihn in ihrem Rücken nicht hätte wahrnehmen können: Was schwafelst du da?! Kennst du ihn?! Was will er hier?! Einen reizenden Abend verbringen?! Den werde ich ihm versalzen! Erstens will ich vorher gefragt werden, und zweitens lehne ich es ab. Der stört, damit basta. Und mag er noch so reizend sein, dein Gast, ich hasse ihn; ich ertrage es nicht, überrascht zu werden; ich habe heute Geburtstag; da will ich meine Ruhe haben.

Förster hätte sich an die Stirn gefasst und gesagt: Ach ja … stimmt … gratuliere. (Dann hätte er hinter ihrem Rücken Herzog entdeckt und ihn zu sich an den Tisch gewunken:) Da sind Sie ja. Darf ich vorstellen, Herr Herzog, Gast in dieser Stadt und also auch an unserem Tisch, nicht wahr … Frau Baronne … Herr Richter …

Der Frau wäre es peinlich gewesen. Sie hätte befürchtet, Herzog habe ihre letzten Sätze mitgehört. Mit schlechtem Gewissen hätte sie ihn wenig überzeugend gebeten, Platz zu nehmen: Setzen Sie sich – dort. (Sie hätte ihm einen Platz am Tisch zugewiesen und dann Förster einen anderen:) Du auch, setz dich – hierhin. Der hier muss frei bleiben. Frieda hat versprochen zu kommen. Sie spielen heute das Stück, in dem sie die lange Pause hat. (Verwirrt hätte sie Richter angefahren:) Was stehst du da wie ein Schulbub?! Nimm ihm den Mantel ab und dann setz dich – dorthin.

Nachdem Herzog sich gesetzt hätte, hätte sie ihn wie in einem Verhör gefragt: Können Sie mir sagen, warum Sie den Abend ausgerechnet in unserer Gesellschaft verbringen wollen? Mich interessiert nicht, wer Sie sind. Ich möchte es nicht wissen. Es bedeutet heute sehr wenig.

Der Kellner wäre aus der Küche gekommen, hätte sich vor den Tisch gestellt, sich an Herzog gewandt und gefragt: Kraut oder Kohl?

Herzog: Bitte?

Kellner: Ein Scherz. Ich habe nachgeschaut: Der große Trappe, auch Trappgans genannt; größter europäischer Landvogel; lebt noch vereinzelt in Thüringen, wo er geschützt ist; frisst am liebsten Kraut und

Kohl. Deswegen: Kraut oder Kohl? – Sie verstehen? – Sie verstehen nicht? Verzeihung.

Herzog hätte nach einer kurzen Pause aufgelacht: Ach so! – Danke, nein, lieber das Gleiche wie die andern, bitte.

Kellner: Das Übliche, gern. (Er wäre in die Küche zurückgegangen.)

Herzog hätte verbindlich in die Runde gesagt: Ich habe gelesen, für die Chemie eines Abends sei es unabdingbar, dass alle das Gleiche trinken.

Baronne hätte dem Kellner nachgeschaut und vor sich hin gemurmelt: Dieser Idiot … (Dann hätte sie zu Herzog gesagt:) Um keine Missverständnisse aufkommen zu lassen, ich hasse Konversation. Bitte. Wir kennen alle die Aufregungen unserer Tage, die Explosionen, die Zusammenbrüche der Systeme – verschonen Sie uns damit. Wir sitzen hier, um uns nicht unnötig den Kopf spicken zu lassen mit solchem Schöpfungsgefuchtel. Irgendein Vulkan bricht aus, ein Mensch bricht aus, es dampft und tost, und uns werden davon die Sinne einmal mehr aufs angenehmste vernebelt, das große Rätsel wird einmal mehr in Staub gehüllt, taucht im Getöse unter, und wir haben für kurze Zeit Ruhe davor – aber die Wolken legen sich immer, und dann schaut uns das Rätsel wieder an, mit dieser unheimlichen Offenheit, die uns die Augen niederschlagen lässt, verlegen macht; wozu die Umwege; sie ist eine verlässliche Begleitung, die Ratlosigkeit, sie hält; es ist kalt um sie, aber sicher, und mir ist lieber, wenn sie klar und scharf konturiert vor mir steht, wenn keine aufgeregten Katastrophen um sie herumflattern und uns den Blick verstellen. Darum bitte ich Sie, erzählen Sie uns nichts Tagesaktuelles, verschonen Sie uns mit dem Besonderen. Keine Spitzen, nichts Grelles. Halten Sie den Mund, wenn Superlative herauswollen. Sie kommen sicher von weit her, haben bestimmt viel erlebt, möchten wohl neue Erfahrungen machen, möchten brennen, schäumen, sind auf der Suche nach dem richtigen Leben – wir hier, wir wollen davon nichts hören. Unter uns gähnt kein Abgrund, der den Aufenthalt prickelnd macht. Verstehen Sie? Da ist nichts, was Sie interessieren könnte, im Gegenteil, alles, was einen interessieren könnte, lassen wir draußen. Wir sind verloren für das, was Köpfe am Rauchen hält. Wir sind sozusagen erloschen. Ich will Ihnen keinen unnötigen Schreck einjagen, wir sind lebendig wie Sie, nur suchen wir die Funken zu ersticken, die aus den täglichen Aufgeregtheiten geschlagen werden. Auch im Krieg steckt Leben, sicher, das wissen wir, doch sind wir der Überzeugung, dass darin nicht mehr Leben steckt als im kleinen Finger unserer linken Hand, im Gegenteil, es steckt sogar – wenn Sie mir einen Scherz erlauben – in Ihrem kleinen Finger mehr Leben als in einem dieser Kriege unserer Tage, wo doch dort in erster Linie gestorben wird (sie hätte über ihren Witz gelacht), und so bitte ich Sie, halten Sie den Mund, wenn Ihnen die Welt einfällt, reden Sie nur, wenn Ihnen – Ihr kleiner Finger einfällt, um im Bild zu bleiben. Und da uns der kleine Finger so selten einfällt und er uns verteufelt wenig zu erzählen vermag, nehmen Sie ein Glas, halten Sie sich daran fest, viel mehr bleibt nicht übrig, und falls Ihnen das zu armselig vorkommt, was ich gut verstehen kann, dann lassen Sie uns lieber gleich Abschied nehmen. (Dann hätte sie sich an Förster gewandt:) Ich glaube, ich habe Gicht. Schau mal. (Sie hätte ihm ihren kleinen Finger entgegengestreckt, damit er ihn untersuche.)

Der Kellner hätte Herzog ein Glas Wein gebracht: Bitte sehr, zum Wohl. (Dazu hätte er erklärt:) Aus der Gegend. Am besten gekühlt zu trinken. Besonders gut bekömmlich zu Süßwasserfisch …

Baronne: Wir wissen, was wir trinken!

Kellner: Erlegt wird der Trappe am besten im Spätherbst oder im Winter, bei Nebel. (Er hätte sich knapp verbeugt und dann in die Küche zurückgezogen.)

Baronne hätte vor sich hin gemurmelt: Eine Pest, dieser Mann …

Förster, offenbar Fachmann für Fauna und Flora, hätte Herzog gegenüber die Ausführungen des Kellners ergänzt: Fliegt schwerfällig; lebt monogam in kleinen Trupps. (Dann hätte er zu Baronne, ihren Finger betreffend, gesagt:) Versuch's mal mit Ameisensäure.

Herzog hätte versöhnlich zu Baronne gesagt: So langweilig, wie Sie androhen, wird es schon nicht werden. Ich will tun, was Sie sagen, werde mich am Glas festhalten, bleibe ruhig hier sitzen und versuche, Ihr friedfertiges Vergnügen zu teilen. Ich habe viel Lautes, Schnelles, Überbordendes mitgemacht, ließ die Wogen über mir zusammenschlagen, es rauschte und schäumte um mich her, ich schnappte nach Luft, habe Ängste ausgestanden – warum nicht einmal einen Abstecher in die Harmlosigkeit, in die blauäugige Belanglosigkeit …

Baronne wäre aufgebraust: Bitte?! Das ist keine Belanglosigkeit! Das ist eine große Anstrengung, die Ihnen bevorsteht! Um aus der Welt des Segelns ein Bild zu benutzen: Es ist das Grauen, das einen packt, wenn man in einer Flaute liegt, wenn die Sinne angespannt sind, wenn ein ganzer gesunder Körper danach lechzt, gebraucht zu werden, und kein Wind regt sich, keine Welle kräuselt sich, ein Meer aus Blei, ein Himmel aus Blei – kein Schicksal, das mit Ihnen spielt! Keine Bö, die Sie herausfordert – nichts als Ruhe, Stille, Tod. Jeder Segler zieht Sturm vor, will, dass mit ihm gespielt wird, will Kräfte spüren, Gegenkräfte. Verstehen Sie? Das habe ich gelesen. Nicht im Sturm, an der Windstille geht er zugrunde! Der ist ein Held, dem es in der Flaute nicht die Sprache verschlägt.

Eine weitere Frau, eine jüngere, hätte das Restaurant betreten und sich während der letzten Sätze von Baronne ihrem Tisch genähert.

(Für diese Rolle hatte Roman eine Schauspielerin vorgesehen, die ihm gefiel, weil sie aus jeder Aufführung, in der er sie hatte spielen sehen, herausragte wie ein Haarbüschel, das gegen den Strich wächst. Jedes Mal fragte er sich, ob sie möglicherweise nicht ganz mitbekomme, in was für einem Stück sie mitspielte, und ob sie vor jedem Satz, den sie zu sagen hatte, erst überlegen müsse, wie ihn ihre Figur wohl meine und wie sie ihn sagen solle – eine Arbeit, die alle anderen Schauspieler für ihre Figuren selbstverständlich lange vor der Premiere schon erledigt hatten, weswegen die sich ohne Probleme ins Getriebe der Inszenierungen einfügen und sie wie geölt abschnurren lassen konnten, während diese eine Schauspielerin es partout nicht schaffte, synchron mitzulaufen. Zudem hatte Roman den Eindruck, sie mache grundsätzlich zu große Schritte, trete gewissermaßen in Siebenmeilenstiefeln auf, um jeweils beinahe übers verabredete Ziel hinauszuschießen und dann abrupt an einem Punkt stehen zu bleiben und zu überlegen, was sie da, wo sie stand, verloren hatte. Dann sagte sie ihre Sätze, dann schwieg sie und schien darüber nachzudenken, ob sie sie wohl richtig gesagt habe und ob die anderen sie begriffen hätten – während das Geschehen auf der Bühne an ihr vorbei weiterlief. Wenn sie wieder an der Reihe war, schien sie immer noch darüber nachzudenken, was die anderen gesagt hatten. Dann wieder schien sie es kaum erwarten zu können, etwas zu sagen, das ihr eigentlich erst nach und nach hätte in den Sinn kommen dürfen ... Doch manchmal trafen der Ton und der Moment von dem, was sie zu sagen hatte, mitten ins Herz, was wie eine kleine Explosion wirkte oder so, als sei der zwölfte Glockenschlag um Mitternacht verklungen und die Puppen seien zum Leben erwacht. Diese unerklärbaren Rhythmusverschiebungen faszinierten Roman; er hatte den Eindruck, sie würden den Aufführungen etwas Einzigartiges, Unwiederholbares, Wahrhaftiges verleihen.)

Die jüngere Frau hätte einen glamourösen Pelzmantel tragen sollen. Baronne hätte sie erst jetzt entdeckt und ausgerufen: Frieda! Was für eine Freude. Wie geht's? Wie war's?

Die jüngere Frau hätte verlegen abgewinkt: Ach ... das Übliche. Aber was sagt ihr dazu? (Sie hätte strahlend den Mantel präsentiert, in den sie gehüllt gewesen wäre:) Die Garderobiere hat wieder so saudumm und fett hinter der Kulisse gelauert, dass es mir einfach gereicht hat. Bin diesmal auf der anderen Seite abgegangen und dann durch den Keller, Notausgang, hinten aus dem Theater raus, direkt hierher. Soll sie rumschreien. Ich bin erst wieder im letzten Akt dran.

Der Kellner wäre aus der Küche hinzugeeilt: Guten Abend. Sie erlauben ... (Er hätte ihr den Mantel abgenommen.) Wissen Sie bereits, oder soll ich etwas später ...?

Baronne hätte vor sich hin gemurmelt: Dieser Idiot …

Die jüngere Frau: Ach … das Übliche. Aber Vorsicht mit dem Mantel.

Kellner: Das Übliche, gern. (Er wäre mit dem Mantel zur Garderobe gegangen.)

Förster hätte die jüngere Frau versonnen angeschaut: Wie schön du wieder bist.

Baronne hätte bestätigt: Wunderschön.

Auch Richter hätte bestätigt: Eine Pracht. (Er hätte gegähnt.) Erzähl.

Herzog hätte sich erhoben und sich vorgestellt: Herzog, guten Abend.

Baronne hätte auf ihn gedeutet und der jüngeren Frau erklärt: Förster ist dafür verantwortlich. Ein Fremder. Wenn du willst, schicken wir ihn weg. (Um nicht unhöflich zu sein, hätte sie sie Herzog vorgestellt:) Das ist Frieda Graf, Schauspielerin an unserer Bühne. Falls Sie morgen noch hier sind, müssen Sie unbedingt ins Theater gehen. Sie ist ein Ereignis. Sie spielt … (Zu Graf:) Was spielst du zurzeit?

Graf hätte verlegen abgewinkt: Ach … das Übliche.

Baronne hätte Herzog erklärt: Sie ist keine gute, aber wir lieben sie.

Graf: Heute hat man mich akustisch verstanden.

Richter wäre aus seinem Dämmerschlaf erwacht und hätte begeistert gefragt: Nein?! Alles?!

Graf: Jedes Wort. Es war wunderbar. Und ich bin auch überhaupt nicht heiser geworden.

Förster: Wort für Wort?

Graf: Wort für Wort. So wie ihr mich jetzt versteht. Und ich wurde überhaupt nicht heiser.

Richter: Das war die Technik. (Er hätte Herzog erklärt:) Wir haben neulich mit ihr geübt. Ich habe ein Buch für Stimmbildung mitgebracht. Meine Großmutter ist gestorben, und beim Aufräumen fand ich eine Anleitung für Stimme und Gesang. (Zu Graf:) Siehst du, man muss üben.

Graf: Ihr müsst wieder einmal kommen. Es ist ein Genuss, wenn ich zu verstehen bin. Die Leute haben gelacht, wo's was zu lachen gab, waren still, wo sie still sein sollten – herrlich.

Herzog: Viele Leute?

Graf hätte abgewinkt: Ach … das Übliche.

Richter: Phantastisch. – Alles verstanden.

Baronne: Ich mag lieber, wenn du nicht zu verstehen bist. Verstehen lässt sich jeder. (Sie hätte Herzog erklärt:) Sie ist wunderbar. Sie nuschelt, bewegt sich unmöglich, ach, Frieda, was soll das mit der Technik. Lass es sein. Das Besondere an dir ist doch gerade, dass du nicht zu verstehen bist. Alles bleibt dann immer so geheimnisvoll.

Förster: Ich habe dich immer verstanden. (Zu Herzog:) Sie spricht die Sprache des Herzens.

Graf: Es ist nicht gut, dass sich der Mensch lustig macht über andere …

Der Kellner wäre mit einem Glas und einer Weinflasche aus der Küche gekommen und hätte ihr eingeschenkt: Bitte sehr. Zum Wohl. (Er wäre wieder zurück in die Küche gegangen.)

Baronne hätte vor sich hin gemurmelt: Unmöglich …

Herzog: In Ihrem Beruf kommt man ja viel herum. Kennen Sie Hamburg? – Berlin? – Wien?

Graf: Ach … na ja, ganz gut.

Baronne: Sie bringen sie in Verlegenheit. Ich sagte doch, sie ist keine Weltberühmtheit. Wir lassen sie nicht weg von hier.

Graf: Die haben mich nur ein einziges Mal auf der Bühne gesehen, in meiner Antrittsrolle, Jahre her.

Förster: Aber das war von einer Delikatesse, einmalig.

Richter: Absolut zauberhaft. – Wie geht's mit deiner Wohnung?

Graf: Ach … neuerdings krabbeln Ameisen aus den Ritzen, ganze Legionen.

Baronne: Anzeigen! Worauf wartest du noch? Anzeigen, das Schwein.

Förster: Ameisen? Ich glaube, die mögen keine Zitrone – oder Lavendel? –, irgendeine Pflanze, was war es bloß, die musst du in der Wohnung verteilen.

Richter: Undankbare Arbeit, so eine Anzeige. Endet in den meisten Fällen mit einem Vergleich.

Baronne: Oder zieh zu mir.

Graf hätte versucht, Herzog aufzuklären: Eine entsetzliche Stadt. Kunstfeindlich. Das Theater eine

Klitsche. (Dann mit einer Geste in Richtung der drei Anwesenden:) Aber drei treue Verehrer …

Der Kellner wäre aus der Küche gekommen und hätte sich vor den Tisch gestellt: Erlauben Sie die kurze Störung, aber vielleicht interessiert es Sie (er hätte sich an Herzog gewandt und auf Frieda Graf gedeutet), sie ist Schauspielerin an unserem Theater. (Zu den anderen:) Er ist fremd hier und wird Frieda Graf kaum kennen. Es ist für eine Schauspielerin bedrückend, unerkannt zu sein. (Er hätte einen Diener gemacht und sich zurückgezogen.)

Baronne: Was für ein Idiot. Das ist die Geißel unserer Tafelrunde. Der Ort wäre schön, das Klima ist lind, der See lädt zum Baden, aber dieser Idiot! Wir haben uns schon mehrmals vorgenommen, das Lokal zu wechseln. Aber außer diesem hier gibt es keinen Raum, der uns entspricht. Manchmal reden wir vom Auswandern, nur seinetwegen.

Inzwischen wäre es Nacht geworden. Der Mond hätte durch die Fenster des Restaurants hereingeschienen.

Baronne hätte nach einer Weile in die Stille gesagt: Früher haben sich Leute in unserer Situation Geschichten erzählt. Ich glaube nicht, dass ich damals zu den Erzählern gehört hätte, eher zu den Zuhörerinnen, aber heute, da niemand mehr erzählt, müssen es wohl die übernehmen, die es sich leisten können.

Und schließlich habe ich heute Geburtstag. – Wir sitzen hier, die alte Zeit neigt sich dem Ende zu, der See liegt ruhig, der Wein ist aus der Gegend und schmeckt anständig, einige Sachen sind älter als wir, andere jünger …

Förster: Wie feierlich.

Baronne: Richtig, es wird einem feierlich zumute. Du hast recht. Lassen wir die Zeit Zeit sein, die Jahre sollen ihrer Wege ziehen, wir sind morgen da wie gestern. Trotzdem möchte ich wissen, was wir zu sagen haben im Unterschied zu allen andern vor und nach uns? Ich kann aufrecht stehen, ich kann gehen, ich kann reden, essen, trinken, ich kann sogar schwimmen – na ja –, besondere Fähigkeiten wie auf einem Seil balancieren oder Geige spielen habe ich nicht. Auch das Tanzen unterlasse ich lieber; ich habe mich nie anmutig bewegen können. Da oben stehen die Sterne …

Graf: Ihr entschuldigt. (Sie wäre aufs Klo gegangen. Die Männer hätten sich für sie erhoben.)

Baronne hätte ihr hinterhergerufen: Geh nur, du kennst mich ja. – In letzter Zeit kommt mir oft ein zahnloser Mann in den Sinn, ein alter Straßenmusikant, der sang: Und wenn der ganze Schnee verbrennt, die Asche bleibt uns doch. Ich nehme an, das war in einer großen deutschen Stadt, oder vielleicht in Sankt Petersburg, dort gibt es ebenfalls Wohnungslose, naturgemäß, wie überall, und ein paar von ihnen singen deutsch, mit schlesischem Akzent, schwermütige Lieder, die wir nicht mehr singen, alte deutsche Sachen. Vielleicht habe ich dort den zahnlosen Greis gesehen, ich kann mich nur noch an das Gesicht erinnern, an die zittrige Stimme und an die Zeile: Und wenn der ganze Schnee verbrennt, die Asche bleibt uns doch. Das Gesicht leuchtet von Mal zu Mal mehr in meiner Erinnerung. Als wäre ein Licht darauf gerichtet, ein Augenscheinwerfer wie auf Hans Albers, ein helles, runzliges Gesicht, heiter, das diese eine Zeile singt. Das Lied suche ich seither.

Herzog: Ich staune, wie viel Sie reden. Das ist nicht natürlich. Hilft es Ihnen? Bei mir entsteht durchs Reden eher so eine Art Blähung; je mehr ich sage, desto aufgeblasener komme ich mir vor. Wie ein Luftballon werde ich voller und voller und leichter und leichter mit jedem Wort, das ich sage. Hinterher brauche ich viel Zeit, um all das Gas wieder abzufackeln, das sich in mir angesammelt hat – kennen Sie den Begriff abfackeln? Als Kind war ich davon überzeugt, dass unsere Leibgase brennbar seien. Ich hielt Streichhölzer hinter mich, wenn ich furzte. Auch bei Kühen und Pferden versuchte ich, die Gase anzuzünden. Ich stellte mir raketenartige Effekte vor …

Baronne: Schön! Durch die Luft sausende Kühe – das müssen Sie dann Frieda erzählen, wenn sie von der Toilette zurückkommt. Das gefällt ihr bestimmt.

Herzog: Es hat nicht funktioniert. Heute zweifle

ich daran, dass Verdauungsgase brennbar sind. Viel reden bläht mich auf, sagte ich, darum hasse ich mich, während ich rede. Doch still dazusitzen, das entspricht mir noch weniger. Immer wieder glaube ich, dass im Gespräch vielleicht doch etwas verborgen liegt. Und immer wieder gehe ich aus einem Gespräch mit der bitteren Einsicht, alles verdorben zu haben. Nur das Drauflosschwätzen, das ziellose Plappern, das, wie ich irgendwo gelesen habe, dem Lausen bei den Affen entspricht, einer Form des Sich-miteinander-Beschäftigens, dieses Töne-von-sich-Geben wie ein Wolf – verzeihen Sie die Abschweifung, aber ich möchte in diesem Zusammenhang eine kleine Geschichte einfügen: Meine Geliebte hat mir erzählt – dazu muss man wissen, dass meine Geliebte als Kind eine miserable Schülerin war. Damals nannte man so jemanden dumm. Heute würde man vielleicht etwas vorsichtiger urteilen und Gründe für ihr schlechtes Lernvermögen suchen. Jedenfalls war sie ein paar Mal sitzengeblieben und galt als hoffnungsloser Fall, dem man aus pädagogischen Gründen den Platz neben der Klassenersten zugewiesen hatte –, also sie hat mir erzählt, dass ihr in der Schule ein merkwürdiges Experiment gelungen sei, und zwar habe die Klassenerste in einer Biologiestunde über das Huhn referieren müssen, wobei sie sich mit der rechten Hand auf das Pult gestützt habe in einer Weise, an die meine Geliebte sich ihr Leben lang wird erinnern können, die ihr heute noch zuwider ist, die Fingerrücken flach auf der Tischplatte, die Hand an den Knöcheln abgewinkelt, so ... Mit Ekel machte sie es mir vor, und ich teile seither ihren Ekel gegen diese Art dämchenhaftes Händeaufstützen – und diese abgespreizten Daumen! Stand also so da, mit aufgestützter rechter Hand, und leierte ihr Wissen über das Huhn herunter, während ihr meine Geliebte, die damals, wie erwähnt, als vollkommen verblödete Deppin galt, dauernd hinter vorgehaltener Hand zuraunte und -flüsterte: Das Huhn gibt Töne von sich wie ein Wolf, so oft und so eindringlich, bis die Klassenerste zum Abschluss ihrer brav gelernten Aufsagerei, wohl unbewusst, aber absolut in der festen Überzeugung ihrer Unfehlbarkeit, laut und deutlich behauptete: Das Huhn gibt Töne von sich wie ein Wolf, worüber sich meine Geliebte heute noch wie ein Kind freuen kann und ich mich mit ihr, wo war ich stehengeblieben? Dass mir das Reden nur dann sinnreich erscheint, wenn es dabei absolut um nichts geht, wenn das Reden eher eine Art Streicheln ist, ein Mit-dem-Lufthauch-und-den-Tönen-den-andern-Umwedeln und ein Von-ihm-abgetastet-Werden, am liebsten Strumpffragen, Verdauungsüberlegungen, und wenn's besonders schön ist, dann ergibt ein Wort das andere, die Wörter reihen sich wie Perlen aneinander, werden sinnlos, ein Blubbern, wo die Bläschen hochsteigen, ich will nicht ins Detail gehen, sage das bloß, weil mir aufgefallen ist, wie viel Sie reden, wie schnell, ohne Punkt und Komma fast, ich muss mich beim Zuhören beeilen, die Satzzeichen dazuzudenken, damit ich überhaupt folgen kann, und ich frage mich, ob Sie dabei nicht wie ich dieses Gefühl empfinden, diese Panik, derweil schneller und schneller auszulaufen, während nichts als Gas nachströme, also leichter und leichter zu werden, was einen zu noch schnellerem Sprechen treibt und … Ja.

Baronne: Da kann die neue Zeit gern kommen. Erzählen Sie ihr vom Huhn und vom Wolf. Man wird Ihnen dankbar sein dafür. Oder besser: ich bin Ihnen dankbar dafür. Ich schliddere zu leicht ins Allerweltsgefasel hinein. Wie bin ich froh um Huhn-und-Wolf-Betrachtungen. Ich habe in alten ägyptischen Hieroglyphen gesucht, in griechischen Fragmenten, in germanischer Urprosa, und am nachhaltigsten haben mich abgebrochene Zeilen erschüttert, aus denen ich trotz aller Bemühungen keinen tieferen Sinn herauszulesen vermochte, Sätze wie: Regen fällt aufs Wasser … oder: Schenk nach vom honigfarbenen Wein … oder: Deine Haut so weiß … oder: Am Himmel der Kranich …

Frieda Graf wäre in diesem Moment vom Klo zurückgekommen. Die Männer hätten sich für sie wieder erhoben.

Förster: Ich muss ebenfalls schnell pissen gehen. Vergiss nicht, was du sagen wolltest. (Zu Herzog:)

Das war gut, das mit dem Huhn. (Mit diesem Satz hätte er den Tisch verlassen und wäre aufs Klo gegangen.)

Baronne: Was für Bauern! (Sie hätte Förster hinterhergerufen:) Das heißt nicht pissen!

Graf hätte sich gesetzt und ohne Zusammenhang erzählt: Ekelhaft, meine Kollegen. Prall gefüllt, zum Zerplatzen, entsetzlich. Man braucht bloß aus Versehen an sie zu stoßen, in der Kantine, und schon ergießt sich ihr ganzer Erlebnisbrei über einen. Kommen mir vor wie der Unhold neulich in der Zeitung, habt ihr gelesen? Der in Parterrewohnungen zu älteren Damen einsteigt und sich dort entblößt, wobei das schmächtige Männchen – als solches war er beschrieben – eine noch nie gesehene Erregung vorweise, so drückte sich eine der belästigten Frauen aus, eine für sie unvorstellbare Erregung, nämlich ein Glied von der Größe einer Weinflasche – so kommen mir meine Kollegen manchmal vor, wie prall gefüllte Erzählpimmel, die steil in die Luft ragen und nur darauf brennen, dass einer sie streift, um losspritzen zu können, schäumend, zuckend, pulsierend, und alles zu überschwemmen mit ihrer Vergangenheit, mit Reisen, mit fremden Speisen, mit erotischen Eskapaden, in einer Weise, dass sie auch den trockensten Zeitgenossen mit sich reißen in ihrem Erzählstrom, wir hängen an ihren Lippen, aus denen es brodelt und dampft, und wir möchten uns ebenfalls an den Spanierinnen reiben, in die französischen Poulets hineinbeißen, den italienischen Wein trinken, in die heißen isländischen Quellen springen – und sitzen da, in zentralbeheizten Räumen, im Hals kratzt's, die Beine sind eingeschlafen, draußen will es nicht Tag werden, an den Sonntagen besuchen wir unsere Eltern, mit denen wir zu Mittag essen, manchmal knirschen wir mit den Zähnen, jeder für sich, wenn uns der nächste Sonntag einfällt, dann kommt Weihnachten, das feiern wir ebenfalls mit unseren Eltern. Es gibt Gans.

Baronne hätte sie eine Weile lang versonnen gemustert und dann gesagt: Du sollst dir nicht immer Sachen ausdenken auf dem Klo. Schau, was du angerichtet hast. Jetzt schweigen alle. Und dann verlässt du uns wieder, damit wir ja nicht genug kriegen von dir.

Graf hätte auf die Uhr geschaut: Es dauert noch. Ihr solltet mich wirklich sehen in dieser Rolle. Ich trage doch diesen wunderschönen Pelzmantel, unbezahlbar. Er ist ausgeliehen, und die Garderobiere haftet persönlich für ihn. Sie steht damit hinter den Kulissen, und kurz bevor ich auftrete, legt sie ihn mir über die Schultern, und kaum trete ich ab, nimmt sie ihn mir auch schon wieder weg und verschwindet damit. Und hat eine Angst dabei! Manchmal drehe ich aus Spaß eine Extrarunde auf der Bühne – solange ich draußen bin, kann sie mir nichts anhaben. Und heute habe ich sie richtig reingelegt. Sicher schreibt sie jetzt eine Beschwerde.

Baronne: Du sollst sie nicht quälen.

Graf: Ich mag sie nicht. Sie buckelt, grüßt Hauptdarsteller.

Baronne: Warum sollte sie die nicht grüßen?

Graf: Sie soll eine Haltung haben, auch als Garderobiere. Auch als Ausländerin. Von mir aus kann sie grüßen, wen sie will. Aber dieses hündische Getue, nur weil sie Ausländerin ist, das ist ekelhaft.

Baronne: Möchtest du den Mantel? Soll ich ihn dir kaufen?

Graf: Dann wäre er ja nicht mehr unbezahlbar.

Baronne hätte sie nach dieser Antwort wild fixiert: Ich will dich beschenken. Sei etwas großzügiger. Gib mir eine Chance. (Zu Herzog:) Ihr Wolfshuhn hat mir gut gefallen. Ich stelle mir vor, welche Freude in tausend Jahren jemand wie ich haben wird, wenn er diesen Satz auf einer Scherbe entziffern kann. Richter schläft tief. Er hat den Jahrhundertsatz verschlafen. Auch ihn liebe ich mit einer Inbrunst, die ich nicht in Worte fassen will. Stellen Sie sich vor, wie gewaltig so ein Schläfer nach Tausenden von Jahren noch daliegt, die ruhigen Züge, der unhörbare Strom der heißen Luft, der aus seiner Nase fließt, der kalten Luft, die in sie hineinströmt. Er hat alles verschlafen, was sein Jahrhundert, sein Jahrtausend ausgemacht haben wird, und sitzt doch warm und ganz da in seiner Ecke, den Kopf ans Polster gelehnt, die Beine auseinandergeklappt. – Möchten Sie noch Wein? Er ist nicht allzu bekömmlich, ich warne Sie. Man kriegt davon Kopfschmerzen. Aber er wird hier angebaut, und ich hasse es, mir Gedanken machen zu müssen über Wein. Ich trinke, was da ist. Ich hasse es, den richtigen Wein zu trinken, den richtigen Wagen zu fahren, den richtigen Sessel zu besitzen, die richtige Lampe …

Richter wäre, weil er im Halbschlaf seinen Namen gehört hätte, aufgewacht: Ich habe nicht geschlafen. Ich habe nachgedacht. Du sagtest, ihr wisst ja, wie das ist in der Jugend, und dann …

Baronne: Was habe ich gesagt?

Richter: Ihr wisst ja, wie das ist in der Jugend, und dann folgten deine Betrachtungen …

Baronne: Das habe ich mit Sicherheit nicht gesagt. Das ist ein idiotischer Satz. So etwas würde ich nie sagen.

Richter: Dann halt etwas anderes. Jedenfalls überlegte ich …

Baronne: Eingeschlafen bist du. Und jetzt faselst du wie ein Kind, das aus seinen Träumen gerissen wurde; lallst unzusammenhängendes Zeug; man möchte dir den Mund abwischen und die Nase trockenreiben.

Richter: Nein, wenn ich denke, dusele ich immer an den Grenzen des Unfassbaren herum, so ist das bei mir. Du sagtest, ihr wisst ja, wie das ist …

Baronne: Das habe ich nie gesagt!

Richter: Und ich weiß es beim besten Willen nicht. Eine Empfindung, die mich als Kind oft an der Gurgel gepackt hielt, war die Langeweile. Ich weiß aber nicht mehr, wie sich das anfühlte. Es muss geschmerzt haben. Oft dachte ich sogar an Selbstmord, bloß um mich nicht mein ganzes restliches Leben langweilen zu müssen. Heute kenne ich Langeweile nur noch in Gesellschaft. Darüber bin ich froh. Und als ich mich einmal so herzzerreißend langweilte, miaute eine fremde Katze um unser Haus. Es war dunkel, ich sah nur ihre Augen glitzern. Ich öffnete das Fenster, die Katze sprang herein, strich um meine nackten Knabenbeine mit erhobenem Schwanz und miaute. Sie war – wie heißt das bei Katzen? Rollig? Damals hatte ich in der Schule gerade das Wort Sodomie kennengelernt, von der griechischen Göttin und dem Stier gehört; wir machten dumme Sprüche über Sennen, die ihre Schwänze in Schafe stecken, über Fürstinnen und Windhunde, über Kälberficker, unausgegorenes Zeug, Maulheldentum, wobei das Verbotene daran reizte, nicht die sexuelle Phantasie. Man brüstete sich mit wildesten Wörtern und kühnsten Behauptungen – ich setzte die Katze auf meinen nackten Knabenbauch und hoffte, sie würde mein steifes Glied lecken, aber sie tappte nur darüber weg wie über eine Stuhllehne, miaute, streckte ihren Schwanz in die Höhe, und eh ich mich versah, war sie auch schon wieder aus dem Fenster gesprungen. Damals habe ich rasend gern zugeschaut, wenn Stiere auf Kühe gelassen wurden oder Eber auf Sauen. In meiner Erinnerung geht es da ausgesprochen saftig zu, und alle, Bauern wie Knechte,

Mägde und Kinder, waren irgendwie verwirrt. Ich bin auf dem Land groß geworden wie sie (er hätte auf Frieda Graf gedeutet), ich weiß aber nicht mehr, wie das war. Das wirkt dann vielleicht schläfrig.

Baronne: Ziemlich, ja.

Graf: Einmal konnte ich die Klotür nicht mehr öffnen, weil eine Kuh davorstand und keinen Schritt zur Seite machen wollte. Keiner zu Hause.

Förster wäre jetzt vom Klo zurückgekommen: Sei nicht traurig, Baronne. Wir alle haben nichts erlebt und nichts zu erzählen. Da du aber heute Geburtstag hast, habe ich mir da draußen vorgenommen, etwas aus meinem Leben für dich in Worte zu fassen …

Baronne: Das kannst du nicht. Lass uns lieber eine Minute schweigen. Für deinen Wald, über dessen federnden Boden du so gern gehst.

Förster hätte sich von ihr nicht beirren lassen: Dass wir fünf jetzt hier sitzen, draußen der schwarze See, oben die Sterne, der leichte Wind, der uns manchmal frösteln macht, der Duft des Weins, das Funkeln der Lichter durch die Fenster, das alles kommt uns nichtssagend vor, abgewetzt, und wir meinen, irgendwo anders gäbe es ein wirkliches Leben. Wir glauben, uns täte not, einmal so richtig durcheinandergewirbelt zu werden. Das ist falsch. Solange man durchgeschüttelt wird, fehlt einem die Zeit, es zu erleben. Beispielsweise deine Nierenkolik … (Er hätte sich an den inzwischen wieder dösenden Richter gewandt:) Wir alle wissen, wie das war. In panischer Angst rannten wir durchs Haus, du hast dich gekrümmt wie ein Wurm, schweißnass, hast gewinselt, warst weiß wie Papier, die Augen weit aufgerissen; wir wussten nicht, wie helfen, kamen mit Eiswürfeln, mit Heizkissen, es war furchtbar. Das weiß ich aber nur, weil ich mich daran erinnere, so wie ich mich daran erinnere, dass drei mal drei neun ist. Ich kann mir beim besten Willen nicht vorstellen, dass es solche Schmerzen wirklich gibt und wie sich dein Winseln angehört hat, wie deine Augen aufgerissen waren, die Angst – oder du, Baronne, mit deinem Gichtanfall oder was das war, ja, lach nur, eigenartig, wir lachen, dabei war es entsetzlich, du hast gesagt, noch so ein Anfall, und ich bringe mich um! Das ist nicht auszuhalten! Das Leben hat kein Recht, uns solche Schmerzen zuzumuten! – Heute sprechen wir die Wörter kaum noch aus, Gicht, Rheuma, so groß ist unser Respekt davor, und doch wollen wir immer solche Ausnahmezustände erleben oder erzählt kriegen – warum?! Sei froh, wenn du sie vergessen hast. Rühr nicht dran. Seien wir froh um alles, was uns verlässt. Selbst die Liebe, die in ihrem Eifer ist wie die Hölle – wir können froh sein, wenn sie uns in Ruhe lässt. All die Aufregungen sind nur etwas für Grobiane, für Dickhäuter. Ich habe zweimal das Grauen kennengelernt. Heute weiß ich es nur noch, als hätte ich davon gelesen. Aber ich weiß, es war da. Und ich weiß, dass keiner groß genug ist, es in sich aufnehmen zu können, während es stattfindet. Unser Geist ist so beschaffen, dass er sich abschließt, wenn's zu garstig wird. Wir gehen blind, stumpf und kalt durch die Hölle, und erst wenn sich die Flammen legen, öffnen wir uns langsam wieder, strecken die Fühler aus, schauen uns um. Das Wunder wäre, wenn wir jetzt diesen Wein hier riechen könnten, wenn ich die Wärme deiner Hand … Ich sehe, ich langweile dich, wir langweilen uns alle gegenseitig, aber glaub mir, in dieser langen Weile ist alles enthalten, was wir sind und waren und gewesen sein werden, mehr gibt's nicht. – Ist mir auf dem Klo eben eingefallen.

Baronne: … und wir erwachten aus einer Art Betäubung, in die man ja immer zu verfallen pflegt, wenn einer einem länger etwas vordröhnt, ohne dass man Gelegenheit findet, sein Wörtchen mitzureden; Zitatende. Was rennt ihr auch dauernd aufs Klo?!

Graf: Das Dorf, in dem ich aufgewachsen bin, war so klein, dass nicht einmal Platz war für die obligate Hure, die in den Dörfern aller anderen auftaucht. Einen Dorftrottel gab es ebenfalls nicht. Es lag an einem Fluss, der manchmal über die Ufer trat. Die Abwässer wurden in einer großen Röhre gesammelt, die unterirdisch vom obersten Haus quer durchs Dorf bis hinunter zum Fluss führte. Das Rohr hatte vielleicht einen Meter im Durchmesser. Manchmal krochen wir Kinder unten durch die Öffnung hinein und zogen vierrädrige Kugellagerwägelchen hinter uns her das Rohr hinauf. Nach etwa zweihundert Metern in vollkommener Finsternis, Gestank und Gefiepe von Ratten, setzten wir uns auf unsere Schlitten und sausten durch die spritzende Jauche hinunter zum Ausgang, wo wir sehr flink abspringen mussten, um nicht im Fluss zu landen. Der Fluss war breit und tief und wies eine starke Strömung auf. Im Sommer badeten wir darin. Wir liefen am Ufer entlang aufwärts, sprangen hinein, ließen uns zwischen Kot und Müll abwärtstreiben, und an einer bestimmten Stelle galt es, das Ufer zu erreichen, weil man sonst weiter unten in die Wirbel geraten und unweigerlich ertrunken wäre. Fast jeden Sommer gab es wenigstens eine Wasserleiche zu bestaunen. Das kleine Dorf liegt an einer Bahnstrecke. Manchmal fahre ich zufällig im Zug daran vorbei. Die Schule steht noch, die Kirche auch, der Fluss fließt noch – sauberer, nehme ich an –, und vielleicht leben Herbert und Paulchen noch. Mit ihnen fuhr ich durch die Röhre. Der Kot spritzte an meinen nackten Beinen hoch.

Der Kellner wäre nun mit einer Flasche Sekt an den Tisch getreten: Auf die Gefahr hin zu stören … Ich konnte nicht umhin zu bemerken, dass hier ein Geburtstag gefeiert wird. Im Namen des Hauses erlaube ich mir, herzlich zu gratulieren. (Er hätte die Flasche geöffnet.) Es ließ sich nicht übersehen, dass Sie es sind (er hätte Baronne eingeschenkt), die auf ein hoffentlich gesegnetes Jahr zurückblicken kann (dann hätte er auch den anderen eingeschenkt), sie lebe hoch, hoch, hoch … (Alle hätten »zum Wohl«, »hoch«, »auf weiteres …«, »hm …« gemurmelt.)

Baronne: Sehr liebenswürdig, danke, auf Ihr Wohl.

Der Kellner hätte angestimmt: Happy birthday to you …

Baronne: Danke, danke. Wir mögen hier Geburtstage nicht besonders. Geben Sie sich keine Mühe, bitte. Es ist gut jetzt.

Der Kellner: Wenn ich richtig beobachtet habe, so werden zur Feier des Tages Anekdoten zum Besten gegeben? Ich habe mir erlaubt, etwas Kleines vorzubereiten – ich weiß nicht, ob Ihnen bekannt ist (zu Graf gewandt), dass ich beinahe ein Kollege von Ihnen geworden wäre; es ließen sich ganze Romane schreiben über die Wechselfälle meines Lebens …

Baronne: Ach, lassen Sie, vielen Dank, ich denke, worüber man ganze Romane schreiben könnte, darüber sollte man besser keine schreiben; das ist doch gerade das Fatale, dass wir alle immer tun, was man tun kann, anstatt das Andere zu versuchen.

Der Kellner: Selbstverständlich. Der Gast ist König. Sie verzeihen. (Er hätte sich in die Küche zurückgezogen.)

Baronne: Eine der sieben Plagen …

Graf: Mag jemand mein Glas austrinken, bitte, ich krieg das Zeug nicht runter. – (Zu Baronne:) Du hast heute Geburtstag, bist also ein Jahr älter geworden und kannst aus Erfahrung reden. Bleib bitte jetzt ernst: Seit einiger Zeit habe ich den Eindruck, nur mehr auszulaufen, ohne dass etwas Neues nachfließt. Ist das so? Bedeutet Leben nichts als ein permanentes Verlieren von Luft und Lust? Oder kommt etwas hinzu an den Stellen, die ausgelaufen sind? Bemühe dich bitte. Mir geht es schlecht, seit ich darüber nachdenke. Ich sehe mich alles verlieren und suche nach irgendetwas, das ich dafür vielleicht gewinnen könnte.

Baronne: Wer etwas verliert, ist um das leichter geworden, vielleicht. Was weiß ich. Schau mich an: Was habe ich an mir, das dich locken könnte? Wenn da etwas ist, dann wird das die Antwort sein. Lass uns besser schweigen. Ich rede leicht dummes Zeug – Förster, bring mir den Mantel, ich kriege sonst mein Rheuma.

Förster: Du hast kein Rheuma.

Baronne: Was weißt du vom Alter, du Kindskopf. (Zu Graf:) Zum Glück bist du so dumm, gut und dumm, ich habe dich rasend gern. Du wirst dein ganzes Leben lang zu keinem klaren Gedanken kommen, hast jetzt ein erstes Mal deine kleinen Zweifel, die sich im trägen Sumpf deines Hirns regen und als Bläschen darin aufsteigen und zerplatzen, aber das ist wie ein kleines Aufstoßen, ein Bäuerchen, danach wird wieder alles daliegen, rosig und schwer, du liebes Kalb, wie dankbar bin ich, dich zu kennen und von dir geschätzt zu werden und geduldet als Begleiterin durchs Leben. Du hast einen harten Kopf, einen Schädel, den man in die Hände nehmen kann, den man stützen kann, der brüten und rauchen kann und in dem kein gescheiter Gedanke seinen Weg findet. Alles verirrt sich darin, versickert, verdampft. Und du schaust mich treu und traurig an heute, weil du unglücklicherweise darauf gestoßen bist, dass du vergehst. Doch das wirst du bald wieder vergessen, Frieda, du bist ein Fels, und Felsen vergessen, dass sie vergehen. Ich weiß nicht, ob etwas hinzukommt im Leben oder ob wir ausschließlich abnehmen. Glaub mir, ich weiß es nicht. Schau nicht so finster. Was zunimmt, das sind die Komplikationen aller Art, die Missverständnisse. Früher dachte ich, es gäbe zwei Seiten, die richtige und die falsche, heute sind es ein paar mehr, von denen ich nicht weiß, ob sie sich lohnen. Und auf der andern Seite ist da nur noch eine, eine einzige, einfache – Frieda, dein Kopf ist nicht da zum Denken. Stütz ihn auf deine Hand und glotz vor dich hin, so bist du nun einmal.

Graf: Du machst dich lustig über mich, während ich ums Leben rede. Schade. Ich hätte gern etwas davon erfahren, bevor ich es verlasse. Das macht wütend, euch Abend für Abend zu treffen im Gefühl, dass wir uns dabei alle in einer andern Luft bewegen, jeder sich in seiner eigenen. Warum teilen wir einander nichts mit?! Wir reden und reden, aber ich spüre, dass ich nichts erfahre von euch. Da ist eine heftige Leere. Jetzt muss ich gehen. Ärgerlich. (Sie hätte sich abrupt vom Tisch erhoben.) Ich verlange, dass ihr bis nach der Vorstellung hier wartet. Ich komme mir blöd vor. (Sie hätte ihren Mantel geholt und wäre zur Tür hinausgegangen.)

Baronne: Frieda!

Herzog, nach einer Pause: Auch ich möchte Ihnen gern zum Geburtstag gratulieren. Ich wusste nicht …

Baronne: Das Wort Geburtstag will ich nicht mehr hören heute Abend. Soll sich der Kellner damit herumplagen.

Herzog: Wo ich lebe, fällt viel Regen. Der Himmel ist oft grau. Die Straßen sind so angelegt, dass Dauerwinde entstehen. Die meiste Zeit müssen sich die Einheimischen mit guter Kleidung schützen gegen Nässe und Kälte. Wir gehen geschwind unserer Wege. Der Nebel, der manchmal ganze Tage über der Stadt hängt, löst keine melancholische Wehmut aus wie etwa der in Venedig. Er ist eher eine Art fette Wolke, die auf Grund gelaufen ist, tränend, triefend, trüb. Wer lange darin wandert, muss sich hinterher waschen und macht sich Gedanken über die braune Brühe, die durch den Ablauf der Badewanne fließt. Sie können sich denken, dass dieses Klima nicht förderlich ist für die Freude am täglichen Leben. Das Herz wird angegriffen. Wir, die dort leben, sind leicht reizbar, ernst, dunkel. Wir gehen einander aus dem Weg. Doch meine

Trägheit hindert mich daran, die Stadt zu verlassen und meine Zelte woanders aufzubauen. Vielleicht können Sie das verstehen. Wer ein paar Mal umgezogen ist, hat entsetzliche Angst vor Möbelpackern, vor deren vorwurfsvollen Blicken, den herablassenden Bemerkungen über das armselige Hab und Gut, das umgezogen werden soll. Oder es fehlt mir ganz einfach die Phantasie, mir vorzustellen, dass es woanders schöner sein könnte. Tatsache ist, dass ich seit langem gegen alle bessere Einsicht darauf beharre, dort wohnen zu bleiben, wo ich bin, und ich sehe dabei viele Geschäfte eingehen, andere aufgehen, manchmal sind mir die Inhaber sympathisch, manchmal nicht. Beim einen denke ich, das könnte Zukunft haben, beim andern sieht man schon am ersten Tag das Ende des Unternehmens nahen. Schöne Frauen habe ich hinter Scheiben welk werden sehen, aufgeweckte junge Männer habe ich grob und bitter werden sehen, und insgesamt wächst bei mir der Eindruck, ein weiteres Ende nähere sich der Stadt, wobei ich weiß, dass das nur mein ganz persönliches Ende sein wird, das sich mir als ein universelles darstellt. Die Stadt, das Land zu verlassen taucht häufiger auf in meinen Überlegungen, und dass ich die Reise hierher unternommen habe, hängt damit zusammen. Ich wollte erfahren, ob der Gärprozess überall so weit fortgeschritten ist, ob anderswo der Druck ebenso hoch ist oder ob das Gleichgewicht nur bei uns oben, in den düsteren, unwirtlichen Zonen, so krass gestört ist. Aus Trägheit, sage ich, bin ich, wo ich bin, und dort gehe ich hin und wieder, seit Jahren, an einem Stehimbiss eine Bratwurst essen – wobei ich auch da einige Inhaberwechsel miterlebt habe. Einmal war der Imbiss sogar ein halbes Jahr lang geschlossen. Man munkelte, der Besitzer sei ins Gefängnis gekommen. Ich habe den Imbiss gern. Er heißt Zum alten Nettelbeck. Das letzte Mal, als ich einen Linseneintopf dort aß, hörte ich einen betrunkenen Stammgast dem anderen erzählen, es gebe irgendwo auf der Erde die Sitte, dass zum Tode Verurteilte sich eine Geschichte wünschen dürften, und wenn die Geschichte zu Ende erzählt sei, würden sie umgebracht. Die Geschichte dürfe nicht länger sein als dreißig Seiten, lallte er, dabei fütterte er seinen Hund mit Bratwurststücken – und diese Erzählungen, die auf jeden Fall mit dem Tod des Zuhörers enden, irritieren mich seither dermaßen, dass ich fast nur noch darüber nachdenke, welche dreißig Seiten ich mir wohl wünschen würde, ob es solche dreißig Seiten überhaupt gibt und wie sie klingen müssten. Können Sie verstehen, dass mich das beunruhigt? Es ist beinahe zu einer fixen Idee geworden. Ich suche nach meinen dreißig Seiten und denke dabei andauernd, vielleicht waren sie's eben gerade, meine letzten dreißig Seiten, vielleicht bin ich auf der Seite neunundzwanzig angelangt und habe nichts davon bemerkt – und so packte ich in größter Hast meinen

Koffer und fuhr los, hierher, um wenigstens unter Freunden zu sterben. (Er hätte eine Weile nachgedacht.) Ich möchte natürlich nicht dreißig Seiten Spaßiges hören, dafür wäre mir die Zeit zu schade. Manchmal versuche ich nachzudenken. Das beginnt damit, dass ich in mich hinabsinke wie ein flacher Stein im Wasser, trudelnd, taumelnd, und unten angelangt, schlafe ich meistens ein. Es ist still da unten, still und öd, dunkelgrün – von dort möchte ich dreißig Seiten emporgebracht kriegen. Die würde ich mir vorlesen lassen. Wobei ich naturgemäß weder wissen möchte, wann umgeblättert wird, noch wie lange eine Seite dauert; auch sollte die Geschichte möglichst ohne Aufbau daherkommen, ohne Höhepunkte, weil ich sonst beunruhigt würde, wissend, dass nach dem Höhepunkt bald das Ende kommen muss.

Baronne: Mit so was vertreibt man sich bei Ihnen die Zeit?! Mit zum Tode Verurteilten und solchem Schabernack?! Haben Sie denn nichts anderes zu denken? Dieses ewige Scharwenzeln um letzte Fragen! Als ob das spannender wäre als beispielsweise die Frage, schmeckt Ihnen der Käse, möchten Sie noch ein Stück, ziehen Sie anderen vor?

Herzog: Sie haben recht. Eine Stammtischfrage. Ich bitte um Entschuldigung. Da ich selten Imbissbuden aufsuche, derartigen Fragen also selten ausgesetzt bin, vermögen sie mich leicht aus meinem Gleichgewicht zu bringen und umzutreiben. – Würde ich täglich mit solchen Überlegungen konfrontiert, hätte ich die Antwort bestimmt bereitliegen und könnte darüber wegsehen.

Baronne: Und dabei haben Sie so unsinnig von Ihrer Heimatstadt berichtet! Herzog, Herzog!, dachte ich. Kennen Sie das Zitat? Ich weiß nicht mehr, in welchem Zusammenhang es steht: Herzog, Herzog – du bist der Held eines so gut wie makellosen Romans. Das ging mir dauernd durch den Kopf. Fahren Sie doch bitte fort. Sie kommen von so weit her, und Ihre Erzählung ist dabei umständlich und eintönig, als lebten Sie nur hundert Meter von uns entfernt. Nicht einmal andere Tiere, Früchte, Winde und Wellen scheinen bei Ihnen zu existieren. Ihre Imbissbude steht, wenn Sie erlauben, bei uns um die Ecke. Mag sein, da gibt es Unterschiede. Die sind Ihnen aber offenbar nicht aufgefallen, so allgemein reden Sie daher. Sie sehen, ich träumte, während Sie sprachen. Was wünschen Sie mehr?

Förster und Richter wären inzwischen eingeschlafen. Der Mond wäre untergegangen.

Baronne (an Herzog gewandt, der die Augen auch kaum noch hätte offen halten können): Jetzt sind sie eingeschlafen, die beiden. Und ich sitze wach. Warum haben wir uns nie gehenlassen, als wir noch schön waren? Wissen Sie, was der größte Frevel ist? Jemanden nicht zu umarmen, den man umarmen möchte. So einfach ist das. Habe ich irgendwo gelesen. Seit dreißig Jahren liebe ich ihn (sie hätte auf Richter gedeutet). Er weiß nichts davon. Ich erzähle Ihnen das, weil Sie uns wieder verlassen und es ihm nicht weitersagen werden. Ich weiß nicht, ob es richtig ist, ihn mit meiner Liebe zu verschonen. Aber ich glaube, er würde sie nicht aushalten. Er ist so zart. So müde. Schauen Sie, wie alt seine Haut ausschaut, wie fahl. Er ist sehr mitgenommen. Dennoch: Ich glaube, es ist ein Frevel, sich ein halbes Leben mit unnützem Zeug zu beschäftigen, bloß um denjenigen nicht dauernd vor sich sehen zu müssen, den man liebt.

Herzog wäre inzwischen ebenfalls eingeschlafen. Sie hätte sich an den schlafenden Richter gewandt: Seit dreißig Jahren habe ich größtes Verlangen nach dir. Und es ist nicht schwächer geworden – im Gegenteil. Das gefällt mir nicht. Du musst weg. Oder ich muss weg. Ich will dich nicht länger sehen müssen. Ich habe auf alle möglichen Arten versucht, dich von mir zu entfernen. Habe versucht, mich zu freuen daran, wenn du gescheite oder anmutige Bemerkungen machtest, wenn du Erfolg hattest, wollte Freundschaft empfinden, stolz auf dich sein – doch je älter ich werde, desto unbändiger wird meine Gier, dich zu umarmen, dich bei mir zu haben, neben dir zu schlafen, dich am Frühstückstisch zu sehen, mit dir am Ufer des Sees entlangzugehen, dir über die Haare zu streichen, deine Hände zu berühren. Es gelingt mir nicht, dich nur zu schätzen und zu achten – ich will dich besitzen. Ich beginne in deiner Anwesenheit zu zittern. Mir wird schlecht, wenn ich dich sehe. Ich werde verletzend, ausfallend, unberechenbar, wenn du in der Nähe bist. Dann schaust du mich verstört an und denkst, ich hätte dich über. Deine Augen flackern ängstlich. Auch du bist alt geworden. Du denkst, du hättest deinen Glanz verloren, du kennst deine Narben und Gebrechen – ich sehe sie nicht. Ich will dich umarmen, ich will mit dir durch Straßen gehen, ich will dich. Es zerreißt mich, hier einen Meter neben dir sitzen zu müssen. Es ist abgrundtief lächerlich, ich weiß, aber schau, wir werden sterben, heute, morgen, in dreißig Jahren, du wirst älter und steifer, ich werde wackeliger, und irgendwann werde ich dich nie so umarmt haben, wie ich dich hätte umarmen wollen, und das treibt mir heute die Tränen der Wut in die Augen. Ich möchte dich so umarmen, wie ich noch nie jemanden umarmt habe; ich hätte dich vor zwanzig Jahren so umarmen können, wie ich dich heute nicht mehr umarmen kann. Ich ertrage das nicht länger. Geh bitte. Ich bin besessen von dir, dafür kannst du nichts, nur mache ich mich zur Närrin, ich hasse mich, wenn du da bist, ich hasse die Wörter, die ich sage, verachte die Sätze, die ich spreche, alles kommt mir dermaßen jämmerlich vor, dumm und alt, verbraucht, für jede meiner Äußerungen schäme ich mich vor dir, und ich werde ausfallend, du erschrickst, weil du meinst, deine Anwesenheit verstimme mich, doch dem ist nicht so! Mir bleiben die Wörter im Hals stecken, weil du da bist! Mein Witz lässt mich im Stich. Ich bin aufgeregt wie bei einer Prüfung, ich möchte dir unbedingt gefallen, endlich gefallen, ganz und gar mit Haut und Haar gefallen, und alles misslingt mir, ich rette mich in den Stumpfsinn, um nichts mehr zu spüren. Geh, bitte, ich ertrage nicht, wenn du meinen Bankrott mit verstörtem Blick verfolgst. Geh. Ich liebe dich, und das ist mein Problem. Jetzt muss ich erbrechen, so übel ist mir, und ich will nicht, dass du das siehst. Geh, sonst erwürge ich dich, was ich nicht will und was du nicht verstehen würdest, ich bin zu dumm, um dich in meiner Nähe ertragen zu können. Dein Geruch weht zu mir herüber, und mein Herz ist müde (sie hätte gelacht). Ich glaube in der Tat, mein Herz ist zerbrochen. Es sticht hier drin, dass ich's kaum ertragen kann. Splitter. Mir ist schlecht. Du solltest endlich Erbarmen haben und aus meinem Leben verschwinden. Werde glücklich, stirb, werde dämlich, werde wie alle, damit ich dich vergessen kann. Du wirst älter, du wirst gebrechlich, du wirst ungerecht, scharf, du gibst nach, du verblasst, und alles verzeihe ich dir. Alles macht dich für mich noch begehrenswerter. Du bist nur noch ein Hauch deiner selbst, und für diesen Hauch würde ich Stücke aus meiner Brust reißen. Je weniger von dir übrig bleibt, desto kostbarer ist es mir. Du bist nur noch die Erinnerung, der Duft in der

Luft, nachdem ein Tier durchgelaufen ist, und für diesen Duft sterbe ich. Ich hasse mich, weil ich dir das alles auflade, denn du kannst nichts dafür, du bist nur da. So wie ich mit dir schlafen möchte, so kann ich gar nicht mit dir schlafen. Meine Sehnsucht ist immer größer geworden. Da hofft man, mit der Zeit würde sich alles legen, doch im Gegenteil, das Feuer frisst sich schneller und tiefer in einen hinein. Das habe ich dir nun gesagt. Du wirst verlegen lachen und mir die Hand auf die Stirn legen, weil du nichts verstehst von dem, was ich sage. Bitte, leg deine Hand nicht auf meine Stirn. Lass uns nach Hause gehen. Ich werde dir nie wieder dieses widerwärtige Zeug erzählen. Es war reine Geburtstagssentimentalität. (Jetzt hätte sie laut gesagt:) Ich will nach Hause.

Richter wäre aufgewacht und hätte verschlafen gefragt: Hast du mit mir gesprochen? Ich fürchte, ich war kurz eingenickt. Der Tag war anstrengend. Sophie hat Keuchhusten, da kann ich nachts kaum schlafen. Worüber habt ihr geredet? Es ist nicht so, dass ich mich nicht dafür interessieren würde, ich bin bloß sehr müde. Ach, Baronne, wie schaust du mich finster an! Sei nicht übelnehmerisch. Du weißt, ich bewundere und verehre dich. Auch wenn ich einmal eine deiner geistreichen Preziosen versäume, ändert das nichts an meinem Gefühl für dich. Bitte, verzeih mir. Ich bin in letzter Zeit erschöpft. Ich wache morgens auf und sehne mich zurück in den Schlaf, ja ich lege mich abends ins Bett und sehne mich zugleich nach dem Bett, so müde bin ich. Am Morgen ist der Wunsch weiterzuschlafen so stark – es schmerzt! Die Tränen treibt es mir in die Augen! Und jetzt ist es schon so weit gekommen, dass ich an deinem Geburtstagstisch einschlafe, im Stehen quasi! Das tut mir wirklich leid. Ich müsste ausruhen. Aber das können wir dann im Grab, nicht wahr, so heißt es doch? Förster, Herzog – was ist? Ebenfalls eingeschlafen? Ist das Leben nur noch Schlaf für uns? Sind wir so alt geworden? Lasst uns noch ein wenig plaudern.

Baronne: Jetzt sitzt der Schürhaken seit bald dreißig Jahren mit uns am Tisch und hat immer noch nicht begriffen, dass hier nicht geplaudert wird! Du Mondkalb! Ja, wir schlafen, das stimmt. Und das müssen wir ändern. Wir sind in letzter Zeit weich geworden, unaufmerksam – schläfrig eben. Obwohl die Knochen mit den Jahren härter werden, passen wir gut in jede allgemeine Strömung. Wie die Pinien und Kiefern auf Bergkuppen, du hast recht: schief geweht, angepasst. Wir sollten uns aufrichten und Widerstand leisten. Den Wind würd's nicht stören. Im Gegenteil, er würde aufgequirlt und dadurch nur süßer, schwerer, würziger wehen. Ja, wir schlafen viel zu viel und in den falschen Momenten, du hast recht. Werde wild, das war vor Jahren ein Schlagwort, werde wild, eine kurze Mode nur, schwach, wie alle Moden, falsch verstanden, wie alle Moden, doch wie in allen Moden war auch darin ein Kern Wahrheit enthalten. Werde wild! Wir gehen jetzt nach Hause, und ich erwarte von uns … Ja, was erwarte ich eigentlich von uns? Ich weiß es nicht. – Dass wir eindeutiger werden, klarer, dass wir kantiger reagieren. Ich lache bei der Vorstellung, aber ich kann mich nicht anders ausdrücken: Ich wünsche mir uns kantiger, hölzerner, felsiger. Wenn wir etwas sagen, soll es sich nicht geschmeidig anhören und lieblich in den Ohren der andern zerschmelzen. Die Sätze sollen wie Wackersteine aus unseren Mäulern fallen und hart über Tische und Böden kullern. Wer will, soll sie aufheben und betrachten, und sie sollen den Betrachter in den Brunnen reißen können. Die Sätze sollen grau sein und unzerbrechlich. Ein Witz soll ein Witz sein, ein Gedanke ein Gedanke, eine Empfindung eine Empfindung. Keine Schnörkel drum herum, keine Girlanden daran. (Sie hätte Richter finster angeschaut.) Verstehst du das? (Dann hätte sie mit dunkler, rauer Stimme gesagt:) Ich liebe dich.

Richter: Baronne! Sei nicht kindisch. Ich liebe dich, ich lieb dich nicht – das sind Sätze aus dem Kindergarten. Werde wild, werde wild! So was Blödsinniges! Wie stellst du dir das vor? Sicher, wir sind verbindlich, umgänglich, und weil wir so sind, geht alles wie geschmiert. Nun sollen wir uns auf einmal wehren und aufbäumen?! Den Sänger niederschreien, wenn er sich nicht wahre Mühe gibt zu singen? Nur noch das tun, was wir vor uns vertreten können? Ach, Baronne!

Lass uns Würmer bleiben, uns durchwinden. So halten wir es aus.

Förster: Habe ich recht verstanden, ihr habt von Liebe gesprochen? Kennt ihr das Gefühl? Ich nicht. Manchmal sehe ich im Kino einen Liebesfilm, manchmal lese ich in einem Gedicht von Liebe, sehe Theaterstücke, die davon handeln, doch ich verstehe nichts. Die Leute kommen mir fremd vor, lächerlich, unglaubwürdig, aufgebläht. Ich habe euch gern, das ja. Freue mich, wenn ich daran denke, mit euch zusammenzukommen. Mag, wie ihr riecht, höre gern eure Stimmen, schaue euch gern an, und manchmal, wenn wir Glück haben, entwickeln sich schöne Stunden, ein Wort ergibt das andere, wir fließen ineinander – aber Liebe? Ich weiß nicht, was das ist. Wenn ihr nicht da seid oder wenn ich lange Zeit weg bin, dann denke ich zwar gern an euch, schlafe gut ein in Gedanken an unsere Abende, aber ich verzehre mich nicht nach euch. Ich brauche euch nicht. Ich wäre traurig, wenn ihr nicht mehr wärt, aber ich würde weiterleben wie bisher, am Morgen aufwachen, am Abend einschlafen, manchmal dächte ich an euch, aber es würde mich nicht schmerzen, keine Stiche im Herzen, nichts. Warum genügt es nicht, lau zu sein? Körper sind nun mal lau. Warum ist es euch zu wenig, einfach zu verwelken? Warum wollt ihr verbrennen? Ich habe die richtige Liebe nie kennengelernt – oder das, was als Liebe durch unsere Märchen spukt –, doch ich sehne mich auch gar nicht danach, seltsamerweise. Ich danke euch, dass ihr mich trotzdem unter euch duldet, der ich mich nicht nach dem Außerordentlichen sehne, der ich fern bin von euch wie ein Mond.

Herzog wäre als Letzter auch wieder aufgewacht: Habe ich geschlafen? Das ist mir entsetzlich unangenehm. Bitte vielmals um Verzeihung. Die Reise hat mich offenbar doch mehr angestrengt, als ich dachte. Früher, ja, da war ich jeweils rechtschaffen müde nach einer Reise, aber heute? Wie war das schön, als das Reisen noch mit Strapazen verbunden war! Können Sie sich erinnern, wie Sie nach einer Reise als Erstes an einen Tisch gebeten wurden, staubig und erschöpft von der Fahrt, und ein Kotelett vorgesetzt kriegten? – Ich habe das noch erlebt. – Ich muss nun ins Bett. Das ist schön, nur zwei Treppen hinaufsteigen zu müssen und ins Bett sinken zu können. Danke für den Abend. Mit etwas Glück werde ich ihn im Gedächtnis behalten können. Wir werden uns kaum jemals wiedersehen. Ich wünsche Ihnen eine gute Nacht und ein langes, gesegnetes Leben. (Er wäre schlaftrunken hinausgetaumelt.)

Baronne: Recht hat er. Lasst uns ins Bett gehen. Bis zum nächsten Mal, ja? Herr Ober … (Der Kellner wäre aus der Küche gekommen.) Ich habe kein Geld dabei. Schreiben Sie's mir auf die Rechnung. Sein Zimmer übernehme ich auch. Er war unser Gast. Sagen Sie's ihm morgen.

Alle drei wären zur Tür gewankt, wo der Kellner ihnen schlaftrunken die Mäntel gereicht und dazu gesagt hätte: Danke schön. Kommen Sie gut nach Hause, und einen schönen Tag noch, auf Wiedersehen. (Sobald sie weg gewesen wären, hätte er seine Schuhe ausgezogen und begonnen aufzuräumen.)

Frieda Graf wäre von draußen hereingekommen. Sie hätte ein schäbiges Mäntelchen getragen. Überrascht hätte sie sich umgesehen und dann den Kellner gefragt: Sind sie weg? Früher, als ich noch schlecht war, haben sie immer auf mich gewartet. Schade. Da konnten sie mich trösten und aufbauen nach den Vorstellungen – da warteten sie gern. Jetzt, da ich gut war, da ich keinen Trost nötig habe, da ich feiern wollte, da sie mein Glück mit mir teilen sollten – jetzt sind sie im Bett. Es ist eine hohe Kunst, Leute im Glück zu begleiten. Sehr anstrengend. Das haben sie sich wohl nicht mehr zugetraut. Entsetzlich. Jetzt muss ich allein nach Hause und dort ins Bett, einfach so, restlos glücklich.

Baronne wäre zurückgekommen: Entschuldige, Frieda, ich habe vergessen, auf dich zu warten.

Dann wäre das Licht ausgegangen. Das Einzige, was sich nicht geändert hätte, wäre die Temperatur gewesen – es wäre kälter geworden.

Der Autor dankt der Stiftung Pro Helvetia für
die Unterstützung seiner Arbeit.

Bibliografische Information
der Deutschen Nationalbibliothek

Die Deutsche Nationalbibliothek verzeichnet diese
Publikation in der Deutschen Nationalbibliografie;
detaillierte bibliografische Daten sind im Internet
über http://dnb.d-nb.de abrufbar.

www.wallstein-verlag.de
Vom Verlag gesetzt aus der Garamond
Umschlaggestaltung: Annina Vettermann, Leipzig
Druck und Verarbeitung: Pustet, Regensburg
ISBN 978-3-8353-1875-5